H Siebert

Roger Bacon - sein Leben und seine Philosophie

H Siebert

Roger Bacon - sein Leben und seine Philosophie

ISBN/EAN: 9783743634954

Hergestellt in Europa, USA, Kanada, Australien, Japan

Cover: Foto ©Raphael Reischuk / pixelio.de

Weitere Bücher finden Sie auf **www.hansebooks.com**

Roger Bacon,
sein Leben und seine Philosophie.

INAUGURAL-DISSERTATION,

welche

mit Genehmigung der philosophischen Facultät zu Marburg

zur

Erlangung der philosophischen Doctorwürde

einreicht

H. Siebert

aus Obergrenzebach,

cand. theol.

MARBURG.

Druck von C. L. Pfeil.

1861.

Roger Bacon,
sein Leben und seine Philosophie.

Wenn Roger Bacon in einem besonderen Grade das Interesse der Neueren erregt hat, so wird der Grund hiervon wohl der sein, dass er in einem früheren Zeitalter schon ähnliche Grundsätze in Beziehung auf das Studium und den Umfang der Wissenschaften aussprach, wie diese die spätere Zeit aufgestellt und geltend gemacht hat. Er lebte in einer Zeit, in der die Wissenschaft durch die Bande der Tradition gefesselt war, in der die denkenden Männer, da sie sich den Stoff ihrer Thätigkeit unabänderlich vorschreiben liessen, keinen Fortschritt herbeiführen konnten und sich nur zum Theil durch die künstlichsten Speculationen ihre Originalität bewahrten. Zwar war der Gesichtskreis seines Zeitalters durch die Bekanntschaft mit der aristotelischen Philosophie, die man jedoch hauptsächlich nur zur Ausbildung des theologisch-systematischen Lehrstoffes zu benutzen wusste, erweitert worden; auch war die Kunde von den naturwissenschaftlichen Arbeiten der Araber nicht auf unfruchtbaren Boden gefallen, sondern suchte sich in einzelnen Männern geltend zu machen; aber dergleichen neuere Forschungen blieben doch im Ganzen ohne Erfolg und wurden durch die herrschende Zeitrichtung bald wieder verdrängt. Roger Bacon war es, der schon damals mit feinem Sinn erkannte, dass die Wissenschaft einen breiteren Boden haben müsse, der ahnte, dass sie sich ihre Resultate nicht vorschreiben lassen dürfe. So tritt er nur in seiner Zeit als eine eigenthümliche Erscheinung entgegen. Er scheint eine ganz neue Gestalt der Wissenschaft herbeiführen zu wollen, indem er die unbeachteten Gebiete der Mathematik und Naturkunde und ein genaueres Studium der Alten durch erweiterte Sprachkenntnisse in ihren Bereich hereinzuziehn sich bemühte; — dieselben Studien, auf denen sich später die Regeneration der Wissenschaften aufgebaut hat. — Auf der anderen Seite steht er freilich noch sosehr in der einseitig-theologischen Richtung seiner Zeit, dass er dieses Alles nur zum Nutzen dieser letzteren, also zum Bestehen der traditionellen Richtung der Wissenschaft anwenden will. Dabei aber ist freilich auch nicht zu verkennen, dass sich gerade hierin seine hohe Achtung vor der Religion ausspricht; er will, dass das ganze wissenschaftliche Streben von sittlichem Ernste durchdrungen sei, und dass alle Wissenschaften zur Erreichung der höchsten Ziele des Menschen das Ihrige beitragen. Bacon übertraf in manchen Stücken sein Zeitalter, ihm um Jahrhunderte in seinem Urtheil vorauseilend; in manchen Stücken aber war er noch ganz in seiner Zeit befangen. Dieses letztere zeigt uns namentlich seine abergläubische Vorliebe für das Abenteuerliche, Wunderbare und Phantastische, wie sie dem Mittelalter nicht fremd war; man hat ihn in Uebersehung dieses Punktes oft überschätzt. So darf es uns nicht wundern, wenn er mit Anwendung aller ihm zu Gebote stehenden grammatischen und sachlichen Kenntnissen auf die richtige Erkenntnis des Wortsinn's der heil. Schrift dringt, und doch wieder aus diesem Wortsinn nur den höheren geistigen Sinn herauslesen will; wenn er in allen Dingen kein vollkommnes Wissen ohne eigne Erfahrung anerkennen will, und doch wieder fabelhaften Erzählungen leichtgläubig sein Ohr leiht; wenn er alle Zauberei und Magie als Betrügerei und Aberglaube verdammt, und doch wieder alle menschlichen Schicksale aus den Sternen lesen zu können glaubt. Auch auf die Weissagungen sibyllinischer Bücher oder eines Merlin und Joachim legt er grossen Werth.

Bacon schätzte mit Aristoteles und den Arabern die Realkenntnisse hoch und in allen Wissenschaften sah er auf ihren praktischen Nutzen; ein Charakterzug, aus dem man den Engländer erkennen will. Auch ist Bacon, weil er auf die Erfahrung zurückgeht und eine grössere Mannigfaltigkeit der Gelehrsamkeit verlangt, nicht mit Unrecht als ein Vorläufer seines grossen Namensbruders Franz Bacon angesehen worden. Durch sein Schicksal erregt Bacon noch eine besondere Theilnahme für sich, da er wegen seiner Richtung heftige Verfolgungen zu erdulden hatte.

Man darf nicht erwarten, dass von Bacon eine Reform der Wissenschaft ausging, wozu er überdies zu vereinzelt stand; noch viel weniger lässt sich hoffen bei ihm ein neues philosophisches System zu finden; vielmehr macht sich gerade der Mangel des Systematischen bei ihm sehr fühlbar. Nicht durch neue philosophische Ideen war Bacon merkwürdig, sondern durch seinen praktischen Verstand, und seine neuen Studien in noch uncultivirten Wissenschaften. Soll daher seine Eigenthümlichkeit nicht verwischt werden, so ist hauptsächlich auch auf seine Leistungen in den einzelnen Wissenschaften Rücksicht zu nehmen.

Bacon's Leben.

Roger Bacon stammte aus einem alten vornehmen Geschlecht und wurde im Jahr 1214 bei Ilchester in Somersetshire geboren. Schon früh zeigte er eine eifrige Liebe zu den Wissenschaften. Seine erste Bildung empfing er in Oxford, wo er unter seinem hauptsächlichsten Lehrer Edmund Riche (später Erzbischof von Kanterbury) besonders in der Grammatik und Logik sich auszeichnete. Darauf bezog er der damaligen Sitte gemäss, die Universität Paris, welche seit Ende des 12. und Anfang des 13. Jahrhunderts, besonders seitdem sich die Bettelorden dort festgesetzt hatten, der Mittelpunkt der damaligen Bildung war. Hier setzte er seine Studien auf das Eifrigste fort, er widmete sich der Theologie, Philosophie, den Sprachen, der Mathematik und Naturkunde, so dass er alle Wissenschaften umfasste, und es wird von ihm erzählt, er sei die Zierde der Universität gewesen. Er erwarb sich die Gunst seiner Lehrer, und schon hier soll er mit Robert Grostete (Grouthead, Grossetaste), der später Bischof von Lincoln wurde, in freundlicher Beziehung gestanden haben. Nachdem er sich hier die Würde eines Doctors der Theologie erworben, kehrte er 1240 nach England zurück, und liess sich, nach Einigen erst jetzt, auf den Rath des genannten Grostete als Ordensbruder in den Franziskanerconvent zu Oxford aufnehmen. Andere (Jebb, praefatio ad Opus Majus. Brewer, Op. Tert. und Op. Min., preface.) dagegen vermuthen, er sei schon zu Paris Franziskaner geworden.

In Oxford soll sich Bacon durch eine freimüthige Predigt vor dem König von England Heinrich III. ausgezeichnet haben. Derselbe liess sich nämlich durch Peter de Rupibus, Bischof von Winchester, beherrschen, welcher dadurch grossen Anstoss erregte, dass er vielen Ausländern, seinen piktaviensischen Landsleuten, nicht unbedeutenden Einfluss verschaffte. Roger Bacon nun, so wird erzählt, (v. Wadding, Pits) und sein Bruder Robert Bacon hätten den König öffentlich in einer Predigt deswegen getadelt, und ihm gerathen, sich dieses Bischofs und der Ausländer zu entledigen. — Allein diese Erzählung beruht auf einer Verwechslung. Matth. Paris, ein Zeitgenosse des Roger und Robert Bacon, erzählt dieses nur von letzterem und setzt den Vorfall in's Jahr 1233, wo Roger Bacon erst 19 Jahr alt war. Deshalb erzählen es Spätere (Wadding) vom Jahr 1259; jedoch Robert Bacon starb schon 1248. Andere (Cave) schreiben diese freimüthige Predigt dem Roger Bacon allein zu; doch jener Bischof war schon 21 Jahre vorher gestorben. Dass übrigens dieser Robert Bacon, welcher Dominikaner war, ein Bruder unseres Roger Bacon gewesen, ist nur eine Hypothese von Pits, die alles Grundes entbehrt. Leland und Bale, welche beide den Roger und Robert Bacon kennen, und von denen der letztere beider Leben beschrieben hat, erwähnen nichts hiervon, und, was noch mehr beweist, Bacon selbst spricht nie etwas von diesem Robert, obwohl er einen Bruder (Op. Tertium, ed. Brewer, pag. 16) erwähnt. Da aber Bacon diesen Bruder im Jahre 1267 (als er das O. Tert. schrieb) noch als lebend betrachtet, so kann es nicht jener Robert Bacon sein.

Zu Oxford beschäftigte sich Bacon nächst seinen philologischen Studien am meisten mit der Naturkunde, indem er viele Experimente machte und die dazu nöthigen Instrumente theilweise selbst anfertigte. Seine Vorlesungen, besonders über naturwissenschaftliche Gegenstände, wurden mit grossem Eifer besucht.

' Doch stiess Bacon bei seinen Forschungen auf viele Hindernisse. Seine Experimente erforderten einen ziemlichen Geldaufwand; so erzählt er uns, er habe in 20 Jahren über 2000 Pfund hierzu und zu Büchern (O. Tert. p. 59) verbraucht. Bei seiner Armuth als Franziskaner wurde es ihm doppelt schwer, diese Mittel zu beschaffen (O. Tert. 16). Die grössten Drangsale aber hatte er von seinem eignen Orden zu erfahren. War es Neid wegen seiner Fortschritte und Erfindungen, war es unwissender Aberglaube, welcher seine hervorragenden Kenntnisse in der Naturgeschichte der Hülfe des Teufels zuschrieb und ihn der Zauberei beschuldigte, oder war es Furcht, seine neue wissenschaftliche Methode möchte der tradirten Theologie Schaden bringen — kurz er hatte, wie dieses so oft zu gehen pflegt, weil er aus der gewöhnlichen Richtung seiner Zeit heraustrat, viele Feinde. Ein strenger Befehl seines Ordens verbot ihm unter Androhung der Strafe von Wasser und Brot und der Confiscation irgend eine von ihm verfasste Schrift Jemanden ausserhalb seines Ordens mitzutheilen (O. Tert. 13), sowie ihm auch die Vorlesungen vor Studenten untersagt wurden. Wahrscheinlich wurde er auch schon jetzt eine Zeit lang in strengem Gewahrsam gehalten, was wenigstens aus einer bei Wood (Brewer, preface XCIV) aus dem Opus Minus citirten Stelle folgt, die sich aber im jetzigen gedruckten Fragment des O. Min. nicht mehr findet.

Zu diesem Verfahren mag auch seine grosse Freundschaft mit dem erwähnten Grostete beigetragen haben, welcher sich durch brieflichen Tadel gegen Innocenz IV. und durch hartes Urtheil über denselben ausgezeichnet haben soll (biographia britannica, p. 343). Noch mehr aber wird seine offene Sprache, mit der er die Sittenlosigkeit des Clerus und der Mönche geiselte, ihm manchen geistlichen Herrn verfeindet haben. (cf. Compendium Philosophiae, ed. Brewer, p. 399 ff.)

Dass man Bacon des Umgangs mit bösen Geistern beschuldigte, davon gibt uns der Umstand einen Beweis, dass er sich selbst gegen dergleichen Misverständnisse seiner Lehre mit Eifer vertheitigte (Op. Majus, ed. Jebb, p. 150) und dass man ihm nacherzählte, er habe einen ehernen Kopf angefertigt, der wie ein Orakel auf vorgelegte Fragen Antworten ertheilt habe. Es ist dieses eine Fabel, welche auch andern Mathematikern, dem erwähnten Bischof Grostete, Sylvester II. und Albert dem Grossen, nacherzählt worden ist.

Doch der Ruf von Bacon's Gelehrsamkeit drang über seinen Orden hinaus. Im Jahr 1264 (so erzählt Brewer, praef. XI, nach Matth. Paris und Matthow of Westminster) sandte Urban IV. den Legaten Guy le Gros (Fulcodi), Cardinal-Bischof von Sabina, zur Schlichtung des Streits zwischen Heinrich III. und seinen Baronen nach England. Durch die letzteren jedoch, gegen die er wegen Tempelraubs aufgebracht war, am Landen verhindert, konnte der Legat nur von Boulogne aus London mit dem Interdikt belegen und den Grafen von Leccester excommuniciren. Hier hörte er von Bacon, welcher mit seiner Familie ein eifriger Anhänger des Königs war (O. Tert. 16); er schickte den Raymund von Laon zu ihm und forderte von ihm eine nähere Mittheilung seiner wissenschaftlichen Arbeiten. Allein Bacon wurde durch jenen Ordensbefehl vorerst daran gehindert, und sandte durch einen Bonecor dem Cardinal ein Entschuldigungsschreiben. Dieser war unterdessen als Clemens IV. Pabst geworden (1265) und schickte in seinem zweiten Regierungsjahr durch Raymund ein zweites Schreiben — datirt vom 22. Juni 1266, aus Viterbium — an Bacon, um ihn durch sein päbstliches Ansehen zur Mittheilung seiner gemachten Studien zu bewegen. Um dem päbstlichen Wunsche Folge zu leisten, entschloss sich Bacon ein Werk zu verfassen, und im folgenden Jahre (1267) war dieses sein grösstes Werk auch schon vollendet; es ist das *Opus Majus* ad Clementem quartum, pontif. rom. Bacon schickte es an den Pabst durch seinen Schüler Johannes, den er oft ehrenvoll erwähnt und dem Pabst seiner guten Sitten und Kenntnisse wegen empfiehlt. Derselbe nahm verschiedene physikalische Instrumente mit, und das zur Erläuterung der Schrift Nothwendige sollte er mündlich hinzusetzen. Es ist dies jedoch nicht der Johann von London, den Bacon neben dem Petrus de Maharn-Curia (mit dem er auch befreundet war) als einen vollendeten Mathematiker bezeichnet (O. Tert. 35), denn er unterscheidet ihn von diesem (p. 61). Dieser Johann von London soll, wie Jebb (praef. 7) vermuthet, der Mathematiker Joh. Peccam, Franziskaner und Erzbischof von Kanterbury, gewesen sein. Der Schüler Johannes dagegen scheint der Johann von Paris zu sein, an welchen drei noch erhaltene Briefe Bacon's gerichtet sind. Bacon hatte diesen Schüler als 15jährigen Knaben aufgenommen und ihn 5 bis 6 Jahre unentgeltlich in den Sprachen, in Mathematik und Optik unterrichtet; er setzte grosse Hoffnungen in des Jünglings zukünftige Leistungen, da er schon jetzt alle Pariser in der Kenntnis der Grundzüge der Philosophie überträfe. (O. Tert. 62. O. Maj. 15.)

Zugleich wollte Bacon durch diesen Schüler dem Pabste eine Probe von der Vortrefflichkeit seiner Lehrmethode geben, um zu zeigen, wie schnell man es bei einigem Fleiss und bei richtiger Methode des Lehrers zu einem ziemlich hohen Grade des Wissens bringen könne. Wenn nun ein Jüngling schon solche Fortschritte machen kann, bemerkt Bacon weiter (O. Tert. cap. XX), wieviel grössere Fortschritte müssten Erwachsene machen können, wenn sie die rechten Lehrer hätten. Sie würden in einer Woche mehr lernen, als ein Jüngling in einem Monat. Er selbst habe beinahe 40 Jahre unablässig in den Wissenschaften gearbeitet, doch stehe es ihm fest, dass er all sein Wissen in $^1/_4$ oder $^1/_2$ Jahr einem fleissigen Manne lehren könne, wenn er erst ein Compendium dazu verfasst hätte. In drei Tagen wollte er jedem strebsamen Menschen Hebräisch lehren, ebenso in drei Tagen Griechisch, sodass derselbe alles in diesen Sprachen Geschriebene, auf Correction und Exposition des Textes, auf Theologie und Philosophie Bezügliche verstehen könnte. In sieben

Tagen wolle er Jedem die ganze Geometrie beibringen, mehr als sonst gewöhnlich in zehn Jahren gelernt würde; — und in 7 andern Tagen die Arithmetik (O. Tert. 65. 66.). Schade, dass uns Bacon seine Lehrmethode nicht genauer mitgetheilt hat. Bacon bezeichnet das Opus Majus als seine Hauptschrift. Der Zweck desselben ist nicht, wie fälschlich angenommen worden, Reinigung von der Anklage der Magie, sondern er wollte darin, soweit er es vermöchte, eine bessere Philosophie darlegen, den Nutzen derselben für die Theologie und Kirche nachweisen und zur Bestreitung von Irrthümern und Missständen auffordern. Das Werk zerfällt in sieben Theile; es beginnt im ersten Theil mit den vier Ursachen des menschlichen Irrthums, und geht im zweiten über zu dem Nachweis, dass es nur eine vollkommene Weisheit in der heiligen Schrift, in der Theologie und Philosophie gäbe. Der dritte Theil behandelt die Nothwendigkeit der Grammatik, der vierte die der mathematischen Wissenschaften und der fünfte die Optik (Perspective). Im sechsten Theile wird die Experimental-Philosophie behandelt, und im siebten endlich als Zweck alles Wissens, die Moral *).

Ausser diesem Opus Majus schickte Bacon dem Pabste noch zwei andere Werke, das Opus Minus (Secundum) und das Opus Tertium. Den Zweck des *Opus Minus* theilt er uns selbst im Opus Tertium mit (p. 5). Aus Besorgnis, das Opus Majus könnte unterwegs verloren gehen und der Umfang desselben könne zu gross sein wegen des Pabstes vielfachen Geschäften, hielt es Bacon für nöthig einen einleitenden Auszug ihm beizugeben, aus dem man den Hauptinhalt desselben ersehen könne; Einiges sollte darin zur Vervollständigung des Op. Maj. hinzugesetzt werden.

Von diesem Opus Minus besitzen wir jedoch nur ein Fragment, das aber, da zahlreiche Beziehungen im Op. Tert.

---

*) Dieser siebte Theil fehlt in der Ausgabe von Jebb, Lond. 1733. fol. — Leider habe ich keine andere Ausgabe als diese erhalten können.

(p. 5. 6. 7. 25. 33. etc.) auf dasselbe zutreffen und auch Beziehungen in ihm auf das Op. Maj. (p. 316 f.) passen, und da es an den Pabst, wie die beiden andern Werke, gerichtet ist und auch der Schüler Johannes in ihm erwähnt wird, höchst wahrscheinlich ein Theil des ächten Op. Minus ist. (Doch führt Brewer, preface XXXVII, zwei nicht zutreffende Beziehungen auf dasselbe im Op. Tert. an). Wie gross es ursprünglich gewesen sei, lässt sich nicht bestimmt entscheiden.

Jebb verwechselte das Opus Minus mit andern Schriften Bacon's. Ein Manuscript, liber Naturalium Rogeri Bacon (Communia naturalis philosophiae) hielt er für den dritten Theil des Opus Minus, allein ohne Grund und gegen obige Bestimmungen.

Nach Vollendung des Opus Minus verfasste Bacon noch das Opus Tertium. Er hielt es für erspriesslicher, in der Erkenntnis den Weg vom Allgemeinen zum Besondern einzuhalten (p. 18) und wegen der allgemeinen Unwissenheit und Verachtung der Wissenschaften (negligunt et contemnunt scientias quas ignorant, O. Tert. p. 20.) den vielfachen Nutzen derselben in einer vorbereitenden Schrift darzulegen (p. 20 f). Hiezu sollte das Opus Tertium dienen als eine Einleitung und Ergänzung zum Op. Maj. und Min. (ad intelligentiam et perfectionem utriusque operis praecedentis, p. 6. O. Tert). Die capp. I — XX geben Notizen über Bacon's literärische Thätigkeit und über den Umfang und den Nutzen der Weisheit im Allgemeinen. Von cap. XXI an folgt das Werk dem Faden des Opus Majus, doch nicht bis zu Ende, sondern nur bis in den vierten Theil.

Eine Vermuthung (Brewer, preface, XIV. Anmerk.), dass Bacon sich in jener Zeit in Frankreich und zwar in Paris aufgehalten habe, ist nach p. 16. O. Tert. nicht ungegründet (misi fratri meo diviti in terra mea). Dafür scheint auch zu sprechen, dass er hier (p. 15) wie an manchen andern Orten nach pariser Pfunden rechnet. Auch Jebb sagt, dass er lange in Paris sich aufgehalten habe, und dass seine Verfolgungen von den dasigen Mönchen ausgingen (praef. p. 3, Anm). Es ist in der That bewunderungswürdig und zeugt von der Geisteskraft Bacon's, dass er diese drei Werke in so kurzer Zeit vollendete. Der päbstliche Brief ist datirt vom 22. Juni 1266, und schon im Jahre 1267 (O. Tert. 277. 278. O. Maj. 171.) waren die drei Werke fertig, obwohl Bacon vor jenem Briefe noch nichts ausser einigen kurzen Abhandlungen für seine Freunde (more transitorio) verfasst hatte (O. Tert. 13). Noch grösser erscheint dieser regsame Fleiss, wenn man die Hindernisse bedenkt, welche Bacon bei diesen Arbeiten überwinden musste. Der Pabst hatte vergessen, zur Entschuldigung wegen der Ueberschreitung jenes Ordensbefehls (über die Zurückhaltung seiner Schriften cf. oben, p. 9.) an Bacon's Vorgesetzte zu schreiben und ihm befohlen, seine Werke möglichst im Geheimen nach Rom gelangen zu lassen (O. Tert. 13. 1). Sodann hatte er nicht an das Armuths-Gelübde des Mönches gedacht. Bacon erzählt uns, er hätte über 60 pariser Pfund zur Vollendung dieser Werke aufwenden müssen, aber Niemand hätte ihm borgen und selbst die Gesandten des Pabstes hätten ihm nichts vorschiessen wollen (O. Tert. 15. 16). Dazu kam noch die Schwierigkeit, passende Abschreiber zu erhalten, sowie die Besorgnis, er möchte dem Nachfolger Petri, dem Vicarius Dei in terra etwas seiner Heiligkeit Unwürdiges, etwas Uebereiltes vorlegen (O. Tert, 13). Hundertmal habe er das Werk, an seiner Vollendung verzweifelnd, liegen lassen, und nur die Ehrfurcht vor dem päbstlichen Stuhl habe ihn zur Weiterführung desselben vermocht. Indem er sich nun über die Verzögerung entschuldigt, weist er auf die behandelten Gegenstände hin, welche ihrer Schwierigkeit halber nicht so schnell zu vollenden gewesen wären; selbst zwei berühmte Gelehrte, Albert der Grosse und Guilielmus de Shyrwode[*]) würden das, was

---

[*]) Bacon nennt ihn Thesaurarius Lincolniensis ecclesiae in Anglia und hielt ihn für weit weiser, als Albert den Grossen (O. Tert. 14).

er geschrieben, nicht in 10 Jahren, ja Einiges, z. B. über Optik, in ihrem ganzen Leben nicht fertig bringen (O.Tert. 14). Erwägt man die Anfeindungen Bacon's von Seiten unwissenschaftlicher Mönche, seinen Schmerz darüber, dass er so lange mit seinen Erfindungen und Forschungen in dem Dunkel klösterlicher Abgeschiedenheit zurückgehalten wurde, dann wird man auch seine Freude über den päbstlichen Befehl, der ihn endlich nach seinem Wunsche an's Licht zog, erklärlich finden, und die überschwengliche Sprache, mit welcher er in demüthiger Weise und in schmeichelnden Ausdrücken dem Pabst gegenüber dieser Freude Luft macht, zum Theil entschuldigen *). In jenem Pabste sieht Bacon die Weissagungen sich erfüllen, welche einen Pabst verheissen, der in niegesehener Grösse und Macht, nachdem er alle Widersacher besiegt, unbehindert von weltlichen Tyrannen das Friedenspanier anpflanzen und die Wissenschaften beschützen werde (O. Tert. 10. 86. O. Maj. 169) **).

Das *Compendium (Studii) Philosophiae* hält Brewer (preface, XLVIII — LV) für den Anfang eines grossen Universalwerks. Jebb hielt dieses Compendium Philosophiae ohne Grund für eine verbesserte Ausgabe des Opus Minus. Bacon war unzufrieden mit seinen Antworten an den Pabst als zu unvollständig; er entschuldigt sich an einigen Stellen, dass er nicht ein vollständigeres System schicke (O. Min. 315. O. Tert. 23. 131). Daher nahm er sich vor, ein umfangrei-

---

*) O. Tert. 7. 8: Attonitus et oppressus gloria scribentis, nec valens satis admirari sublimitatem praecepti, non habeo quid dignum respondeam in hac parte. — Caput ecclesiae plantam pedis indignam requisivit; vicarius Salvatoris et orbis totius dominator me, vix numerandum inter partes universi, sollicitare dignatur! Sol sapientiae mundum irradians ... hominem ignorantiae multiplici caligine involutum, mandati sui radio penetrans, sapientum jubet exprimere monumenta! etc.

**) O. Tert. 10: Auctoritate Dei dextra virtutis vestrae vexillum triumphale de coelo laxavit, gladium exemit utrumque, contrarias partes in infernum dejecit, pacem restituit ecclesiae etc.

cheres Werk auszuarbeiten, worin er alle Wissenschaften im Einzelnen zu umfassen dachte. Ob er dieses Werk in dieser Weise ganz vollendet hat, bleibt ungewis. Einige noch vorhandene Manuscripte sollen sich als Theile dieses Werkes erkennen lassen. In einem derselben, genannt Communia Naturalium, werden die Theile des Werks angegeben: 1) Grammatik, 2) Logik, 3) Mathematik, 4) Physik, 5) Metaphysik, 6) Moral. (Die citirte Stelle siehe Brewer, pref. L. LI). Auch vom dritten und vierten Theil sollen Manuscripte (Baconis Physica, Communia Mathematicae) erhalten sein. Als das Jahr der Abfassung gibt Brewer 1271 an, nach pag. 414. 412. Nur der Anfang, der über die Ursachen des menschlichen Irrthums und über Grammatik handelt, ist zusammen mit dem O. Tert. und O. Min. nebst dem Tractat: De secretis operibus edirt durch Brewer, London 1859.

Bacon's Freude über die gewünschte Anerkennung in seinen wissenschaftlichen Untersuchnngen sollte jedoch nicht lange dauern. Sein Gönner, der Pabst Clemens IV., starb schon 1268. Uebrigens ist es unbekannt, wie er sich nach Empfang jener drei Werke gegen Bacon verhielt; nur den Schüler Johannes soll er zu einer Würde erhoben haben. Von Clemens' Nachfolgern nahm sich keiner mehr des gedrückten Mönches an. Im Jahre 1278 finden wir ihn wieder im Gefängnis, und zwar, wie es scheint, auf Veranlassung seines Ordensgenerals, Hieronymus de Esculo (Asculo). Nach Bale, der sich auf Antonius von Florenz aus dem 15. Jahrhundert stützt (Brewer, pref. XCIII. Anmerk.), verdammte dieser Hieronymus, der 1274 General geworden, auf Betreiben der Ordensbrüder Bacon's Lehre zu Paris, (— doctrinam — continentem aliquas novitates suspectas) und verurtheilte ihn selbst zum Gefängnis, was der Pabst Nikolaus III. bestätigte. Fand man Bacon's Lehre verdächtig, so kann auf keinen Fall seine theologische Richtung damit gemeint sein, da er sich stets als einen treuen Anhänger und Vertheidiger der Kirche und ihres Glaubens bekennt. Die eben erwähnten Gründe mögen auch hier gewirkt haben.

Wood (antiquit. univ. Oxon.) fand in einem Manuscript (Brewer XCIV) die Bemerkung, dass der Ordensgeneral Raymund Galfridus (Galfredus) den Bacon gefangen gesetzt habe, aber später sein Schüler geworden sei. Diese Bemerkung empfiehlt ihre Zuverlässigkeit jedoch dadurch sehr schlecht, dass sie unsern Franziskaner Bacon mit dem Dominikaner Bacon verwechselt.

Nachdem schon 10 Jahre von Bacon's Gefangenschaft verstrichen waren, bestieg Hieronymus, der Franziskaner-General, den päbstlichen Stuhl als Nikolaus IV., 1288, nachdem er sich während der Wahl durch sein Verhalten in einer Pest zu Rom ausgezeichnet hatte. Er soll Bacon trotz einer Appellation noch mehr eingeschränkt haben. Allein es ist unwahrscheinlich, dass Bacon an den Pabst, der ihn verdammt hatte, appellirt haben sollte. Nur soviel lässt sich sicher annehmen: Um den Pabst günstiger zu stimmen, und ihn von der Nützlichkeit seiner Studien zu überzeugen, schrieb Bacon *„De retardandis senectutis accidentibus"* (gedruckt Oxford 1590). Das Werk enthält drei Theile, welche oft für drei besondere Abhandlungen gehalten worden sind: 1) De retardatione senectutis, 2) de universali regimine senum, 3) de conservatione sensuum. Bacon zeigt hierin, wie man sich durch ein regelmässiges Leben und richtiges Verhalten die Gesundheit bis in's hohe Alter erhalten könne, und gibt noch einige besondere Medicamente an, wodurch man das Leben verlängern könne (cf. O. Maj. 446. O. Min. 375. De secretis opp. c. VII). Doch scheint Bacon durch diese Abhandlung vorläufig wenigstens nichts zur Erleichterung seines Schicksals beim Pabst erreicht zu haben. Erst gegen Ende seiner Regierung wurde er auf Verwenden einiger englischen, ihm befreundeten Grossen aus seiner Haft entlassen und kehrte nach Oxford zurück.

Hier schrieb er auf Bitten einiger Freunde sein *Com-*

pendium theologiae (noch nicht gedruckt), welches nicht mit dem Compendium Studii Philosophiae zu verwechseln ist. Das Abfassungsjahr ist (nach Brewer LV) 1292. Bacon dringt darauf, dass sich die Theologie mehr mit der heil. Schrift, als mit philosophischen Fragen beschäftigen müsse, dass aber eine vorhergehende philosophische Bildung erforderlich sei. Dieses scheint Bacon's letztes Werk gewesen zu sein, und er selbst lebte nicht mehr lange nachher. Da er in diesem Werke nichts von schlechter Behandlung erwähnt, so ist die Angabe Einiger, welche ihn im Gefängnis eines elenden Todes sterben lassen, unwahrscheinlich. Sein Todesjahr ist ungewis. Leland gibt 1248, Bale, Pits und Cave geben 1284 an — offenbar falsch. Ob die Angabe Wood's der ihn am Barnabas-Fest den 11. Juni 1292, oder Jebb's, der ihn an demselben Tage 1294 sterben lässt, vorzuziehen sei, ist nicht zu entscheiden. Nach letzterm ist er in der Franziskaner-Kirche zu Oxford begraben. Seine Schriften geriethen, weil sie aus dem gewöhnlichen Schnitt herausgingen, bei der vorherrschend einseitig-theologischen Richtung seines Zeitalters alsbald in Vergessenheit. Allein dass er nicht ganz von seinen Zeitgenossen verkannt wurde, beweist der Beiname, den sie ihm gaben; sie nannten ihn doctor mirabilis.

Es sind dem Bacon sehr viele Schriften zugeschrieben worden; Jebb zählt derselben über Hundert auf (praef. 15 ff. Biogr. brit. 360). Allein diese Anzahl ist zu gross; irrthümlich sind oft dieselben Traktate unter verschiedenen Titeln für verschiedene Werke und einzelne Capitel für selbstständige Abhandlungen gehalten worden. Wie erwähnt, hat Bacon vor dem Opus Majus ausser einigen kleinen Abhandlungen nichts geschrieben. Diese sind nach Jebb (praef. 20) zusammengestellt in der „Epistola fr. R. Baconis *de secretis operibus artis et naturae et de nullitate magiae,* ad Guilielmum Parisiensem conscripta" (ed. Brewer, Lond. 1859).

Ob Bacon ausser den genannten Werken noch ein grösseres Werk geschrieben, ist ungewis, jedoch nicht wahrscheinlich. Nur mehrere kleinere Abhandlungen über verschiedene Gegenstände sind von ihm erhalten. So führt Jebb noch an als Manuscript, computus naturalium mit einem Kalender und astronomischen Tafeln am Ende aus dem Jahr 1269, welche Bacon sicher selbst verfasst habe. Hierin werde ein anderes Werk „de temporibus a Christo" citirt. Auch existiren noch drei epistolae ad Johannem Parisiensem (1620, Francf. ed.) (cf. oben p. 12). Die biographia britannica führt noch einige chemische Abhandlungen an. Einige Manuscripte über Logik und Metaphysik zählt Brewer (praef. LXIX und LXXII) auf. Indessen lassen sich die Geistesrichtung und die Leistungen Bacon's aus dem Op. Maj., Min., Tertium und Compd. Philos., soweit es zugänglich ist, schon ziemlich sicher erkennen, wiewohl über manches Unvollständige in dem Compd. Phil., wenn es ganz erhalten oder zugänglich wäre, oder in andern Manuscripten sich noch genauere Aufschlüsse würden finden lassen.

Fälschlich sind dem Bacon zugeschrieben worden: tractatus super psalterium und vita S. Edmundi archiep. Cantuar (von Rob. Bacon). De fluxu et refluxu maris brit. (nach Jebb von Botoner, nach der biogr. brit. von Will. Burley). De astronomiae utilitate (von Will. Botoner nach der biogr. brit.) Rogerina major und minor (von Thomas de S. Amando oder von Rogerus Parmensis).

—

Bacon's Lehre.

Wie sehr auch das gerade die Eigenthümlichkeit Bacon's ist, dass er in einem gewissen Gegensatz gegen die damals herrschende einseitig-theologische Richtung der Wissenschaften stand und deshalb die Mathematik und Naturkunde stark betonte, so kommt ihm doch das Mangelhafte jener Richtung und sein dadurch hervorgerufener Gegensatz gegen dieselbe nicht recht zum Bewusstsein; vielmehr betrachtet er gerade die Theologie, und zwar die damalige scholastische Theologie, besonders wegen des praktischen Charakter's, den er ihr zuschreibt, als die Spitze und das Ende der ganzen Philosophie, und sieht die übrigen Wissenschaften nur als Dienerinnen derselben an. Daher vermisst man einen Nachweis des Zusammenhangs der einzelnen Wissenschaften; nur das äussere Band der Nützlichkeit und Nothwendigkeit derselben für die Theologie, Moral und für die Kirche hält sie zusammen, und auch nur dieses sind die Gründe, mit denen er sie empfiehlt und lobpreist. So schätzt er auch die Theologie nicht ihretselbst wegen, sondern nur weil sie Mittel zur Seligkeit ist. Nicht das Erkennen, sondern das Thun ist das Höchste. Der intellectus practicus steht über dem intellectus speculativus. Auf diese Weise konnte sich Bacon kein Zwiespalt zwischen Theologie und Philosophie aufdrängen, denn diese ist ja nur der Theologie wegen da (Philosophia non aliena est a sapientia Dei, sed in ipsa conclusa. O. Maj. 24). Der Ausgangspunkt seiner Philosophie ist der: Es gibt nur eine vollendete Weisheit, welche Beherrscherin aller übrigen Wissenschaften ist, die Theologie; diese ist in der heil. Schrift enthalten und durch das kanonische Recht und die Philosophie zu entwickeln (O. Maj. 23. O. Tert. 73). Allein die heil. Schrift ist nicht der einzige (obwohl vollkommenste) Weg, auf dem Gott den Menschen die Weisheit offenbart hat, sondern die ganze Philosophie stammt von Gott und ist den Menschen mitgetheilt, indem er die Seele erleuchtet. Wie die arabischen Philosophen schreibt Bacon der menschlichen Seele nur den intellectus possibilis (qui est in potentia ad scientiam et non habet eam per se, O. Tert. 74) zu und erklärt sich ausdrücklich gegen die damals verbreitete, dem Aristoteles zugeschriebene Meinung, dass der intellectus agens ein Theil der Seele sei. Vielmehr Gott selbst und seine Engel sind der intellectus agens, und nur der Mitwirkung, aber nicht der Substanz nach kann man sagen, der intellectus agens sei in der menschlichen Seele.

Hier konnte Bacon aber in Widerstreit mit sich selbst kommen, da er auf der einen Seite die Philosophie der Heiden, der Griechen und Araber sehr hoch hielt, und die allgemeine Verehrung gegen Aristoteles, welche diesen vorzugsweise den „philosophus" nannte, mit seinen Zeitgenossen theilte, und da er auf der andern Seite doch nur die göttliche Offenbarung in der heil. Schrift, dem „textus Dei," als Richtschnur der Wahrheit anerkannte. Damit die Heiden durch ihre Philosophie nichts vor den unter besonderer göttlichen Offenbarung stehenden Juden und Christen voraus hätten, hilft sich Bacon so: die Heiligen haben die Philosophie eher gehabt als die Heiden. Alle Weisheit ist von Gott; der gab sie zuerst den Patriarchen und Propheten, dem Adam, Seth und seinen Söhnen; damit diese die ganze Philosophie sich recht zueigen machen könnten, verlieh ihnen Gott auch langes Leben. Was die Heiden aber von Philosophie besessen haben, das haben sie unmittelbar oder mittelbar von den Heiligen Gottes erhalten: Noah lehrte die Chaldäer, Abraham die Aegypter; Salomo schrieb 4005 Bücher (O. Maj. 30. O. Tert. 80). Dabei schreibt Bacon diesen alten Heiligen nicht nur allgemeine Weisheit und Klugheit zu, sondern ganz speziell die Kenntnis der einzelnen Wissenschaften. Die Patriarchen kannten alle Mathematik, Optik, Astronomie etc. (O. Maj. 469. 176. O. Tert. 288). Solche Behauptungen stützt Bacon sogar durch ein Citat aus dem Aristoteles, nach dem ihm untergeschobenen liber secretorum (O. Maj. 31). Von den Chaldäern und Aegyptern erhielten die Griechen die Philosophie, indem sie auch die heiligen Bücher der Juden lasen (nach Augustin las Plato die Genesis und den Exodus — O. Maj. 39). Von den Griechen kam die Philosophie zu den Christen. Die Heiden aber sind die ungerechten Besitzer dieses fremden Eigenthums, und die Christen müssen ihr Eigenthum wieder zurücknehmen (O. Maj. 25). Weil nun die Heiden die christliche Offenbarung entbehrten, so sind sie auch nicht in ihrer Philosophie zur Vollendung gekommen, selbst Aristoteles nicht; und weil den heidnischen Philosophen die Spitze der Philosophie fehlte, so haben sie nicht die Seligkeit erreichen können (Philosophia secundum se considerata nullius utilitatis est. — Philosophi infideles damnati sunt. O. Maj. 37). (Philosophia secundum se ducit ad caecitatem infernalem O. Maj. 42). Nur zu unserm Nutzen hat Gott jene heidnischen Philosophen auch erleuchtet, und in der That vernahmen sie viel von den göttlichen Wahrheiten (O. Maj. 39). Wir müssen weiter arbeiten, denn wegen der allgemeinen menschlichen Gebrechlichkeit haben selbst die Heiligen die Philosophie nicht zur Vollendung gebracht (nihil est perfectum in humanis inventionibus, O. Maj. 26). Man darf sich in seiner Verachtung der Philosophie nicht darauf stützen, dass die erste Kirche die Philosophie misbilligt hätte; das that sie zum Theil allerdings, allein theils aus menschlicher Schwäche, theils aus bewussten Gründen (O. Maj. 17). Selbst die Heiligen waren Menschen (Tanta est humana fragilitas quod etiam sancti saepe aliquid humanum passi sunt O. Tert. 28). Sie haben ihre Aussagen oft selbst wieder zurückgenommen oder haben sich gegenseitig widersprochen; so verbesserte Hieronymus oft seine Uebersetzung und gesteht selbst, er sei oft zu eilig gewesen; so wurde der Uebersetzung des Hieronymus von Augustin und andern lange widersprochen, und er selbst für einen falsarius und corruptos scripturae gehalten, während seine Uebersetzung jetzt allgemein anerkannt ist (O. Tert. 28). Dazu kam noch, dass nur sehr Weniges in der Philosophie den alten Christen bekannt war, besonders in der aristotelischen, der sie sogar oft mit Plato widersprachen. Die frühere Kirche kannte nur des Aristoteles Grammatik, Logik, Rhetorik und sehr wenig aus der Metaphysik, denn erst Avicenna brachte die aristotelische Philosophie wieder zu Ehren (O. Maj. 13). Hätten die alten Christen auch alle Philosophie gekannt, so würden sie der Zeit gemäss doch nur die Astronomie zur Feststellung der kirchlichen Feste und die Musik zur Regulirung des kirchlichen Gesangs gebraucht haben

(O. Maj. 19). Gegen die übrigen Wissenschaften waren sie eingenommen, weil die Philosophie in den Händen der Heiden die Verbreitung des über der Vernunft stehenden Christenthums hinderte, ja zu seiner Verfolgung beitrug, und weil Gott der christlichen Wahrheit noch kein menschliches Zeugnis geben, sondern dieselbe nur durch sich selbst und seine Zeugen bewahrheiten wollte. Also nicht weil die Philosophie etwas Falsches enthielte, sondern nur wegen ihres Misbrauchs wurde sie Anfangs vernachlässigt. Auch in der spätern Kirche geschah dieses blos aus Unkenntnis der Sache. So verwarfen Gratian in seinen decretalen, Petrus Lombardus, Hugo und Richard a S. Victore die Philosophie (O. Maj. 21), und so wurde des Aristoteles Physik und Metaphysik zu Paris verdammt, während jetzt alle dieselbe annehmen (O. Tert. 28. O. Maj. 13. 14). Daher darf man sich nicht auf die Alten berufen, um die Verachtung der Philosophie zu beschönigen. Selbst Paulus bediente sich einiger Citate aus heidnischen Dichtern (O. Maj. 26: des Epimenides Tit. 1. 12 und des Menander 1. Cor. 15, 33).

Vielmehr ist die Philosophie als Dienerin der Theologie, wenn auch unvollkommener, doch übereinstimmend und nothwendig für dieselbe (O. Maj. 21: Veritas christiana est finis philosophiae). Die Philosophie will durch Erkenntnis seiner Geschöpfe den Schöpfer erkennen (philosophia speculativa), um ihm durch rechten Cultus, Sitten und Gesetze zu dienen zur Erreichung des ewigen Lebens (philosophia moralis. O. Maj. 21). Also ist die Philosophie den Christen nothwendig. Ebenso bezweckt die Philosophie, das Wesen der Dinge zu erkennen (O. Maj. 29). Wie nun Gott die Geschöpfe und die heil. Schrift gemacht hat, so wird auch nur in letzterer das Wesen der Dinge nebst ihrer causa finalis, deren Kenntnis zur Erkenntnis des Wesens eines Dings nothwendig ist, am richtigsten angegeben (quapropter totius philosophiae potestas in sacris litteris continetur O. Maj. 29).

Obgleich Bacon den Grundsatz festhält, dass der Glaube dem Erkennen vorhergeht (O. Tert. 52), ja auf letzteres auch zum Theil verzichtet, da viele göttliche Wahrheiten über der Vernunft stehen (supra intellectum nostrum', oder erst dann die Erkenntnis zu erhalten hofft, wenn die Erfahrung gewonnen ist (oportet primo credulitatem fieri, donec secundo sequitur experientia, ut tertio ratio comitetur. O. Maj. 465. O. Tert. 52), so fordert er doch von der Philosophie, dass sie eine Ueberzeugung von der ͵christlichen Religion geben soll. Dem Ungläubigen lässt sich diese Ueberzeugung auf zwei Wegen beibringen, auf einem ausserordentlichen Weg, durch Wunder, oder auf einem natürlichen Weg, durch die Philosophie (O. Maj. 41: Ergo philosophia habet dare probationes fidei christianae. — O. Maj. 43: Philosophia non est nisi sapientiae divinae explicatio per doctrinam et opus, et propter hoc una est sapientia perfecta, quae sacris litteris continetur).

Wie Bacon von allen Wissenschaften einen Nutzen für das Verständnis der Moral und Theologie fordert, so fordert er auch noch einen mehrfachen praktischen Nutzen von ihnen; und es zieht sich diese Richtung auf das praktische Leben durch alle seine Schriften hindurch. Er betrachtet sogar diesen Nutzen nicht als etwas Fremdes, sondern als einen zugehörigen Theil der vollen Weisheit. Zweierlei gehört zur Weisheit: 1) die Erkenntnis ihrer selbst, 2) die Kenntnis ihres Nutzens, der sich hauptsächlich in folgenden vier Punkten zeigt: 1) für das regimen ecclesiae, 2) für die directio reipublicae fidelium, 3) für die conversio infidelium, 4) für die reprobatio eorum, qui converti non possunt, qui praesciti sunt ad infernum (O. Tert. 88. O. Maj. 1. Cp. Phil. 395).

Um die Berechtigung der Philosophie recht an's Licht zu stellen, und zu einem erfolgreichen Studium derselben anzuleiten, findet es Bacon für nöthig, erst eine Betrachtung über die Nothwendigkeit, die Methode, den Umfang und die Hindernisse der Wissenschaft im menschlichen Irrthum vorauszuschicken. Am wichtigsten ist die Kenntnis der Ursachen des menschlichen Irrthums, denn sie können, wie alles Böse, nicht vermieden werden, wenn man sie nicht kennt.

Nothwendig aber zum Studium ist vor allen Dingen Reinheit des Lebens (Cp. Phil. 402: qualis homo est in vita, talis est in studio. — 410: In malevolam animam non introibit sapientia nec habitabit in corpore subdito peccatis. Weish. 1, 4. — 402: Impossibile est quod sapientia stet cum peccato). Schon von Natur ist jeder Mensch mit Irrthum behaftet, ja er widerstreitet der Wahrheit heftig, wenn ihn Eltern und Lehrer unterrichten wollen. Nach Aristoteles und Avicenna verhält sich der Verstand des Menschen zu dem an sich Verständlichen, wie ein Tauber zur Musik. Diese natürliche Stumpfheit gegen die Wahrheit und Wissenschaft ist eine Folge der Erbsünde. Dazu kommt noch das Verderben, welches die peccata propria verursachen, wodurch die Seelenkräfte corrumpirt werden. Nur Gottes Gnade verhindert, dass wir nicht alle graden Wegs in die Hölle laufen. Hauptsächlich aber widersprechen die Todsünden der Weisheit. Eine sündige Seele ist wie ein rostiger Spiegel, in dem sich die Dinge nur unvollkommen abspiegeln; eine tugendhafte Seele aber wie ein reiner Spiegel, in welchem die Dinge erscheinen wie sie sind. (Cp. Phil. 412: Homo deditus peccatis non potest proficere in studio).

Aus diesem allgemeinen Grunde des Irrthums entspringen vier besondere Ursachen desselben, welche so tief eingewurzelt sind, dass kaum die Weisesten sie zu vermeiden vermochten (O. Maj. prs. I. O. Tert. c. XXII. Cp. Phil. 394 — 432). Die erste dieser Ursachen ist der *Auctoritätsglaube* (fragilis auctoritatis exemplum). Wie die Menge mit Todsünden behaftet ist, Wenige nur im status salutis, und von diesen Wenigen nur Einzelne im status perfectionis sind, so sind auch nur sehr Wenige in der Wissenschaft vollendet. Auf tausend falsche Beispiele kommt kaum ein gutes. — Aber indem Bacon gegen die Auctorität streitet, sucht er auf's Eifrigste beinahe für Alles, was er sagt, Belegstellen zusammen. Er will nur die falsche Auctorität aufgehoben haben, um die richtige an deren Stelle zu setzen (O. Maj. 3). Ausdrücklich erkennt er die Auctorität an, die von Gott der Kirche verliehen, und welche die heiligen Philosophen und vollendeten Propheten besitzen. Aber auch die wahren Auctoritäten müssen unter Umständen verbessert werden (O. Maj. 9). Nicht nur die Heiligen, sondern auch die Philosophen haben der allgemeinen menschlichen Schwäche ihren Zoll entrichtet (siehe oben p. 22). Aristoteles corrigirte die Frühern, und bekannte in einigen Dingen (z. B. in der Quadratur des Kreises) seine Unkenntnis; Paulus tadelte den Petrus, Origenes irrte mit Avicenna in der Lehre von der $\dot{\alpha}\pi o\varkappa\alpha\tau\dot{\alpha}\sigma\tau\alpha\sigma\iota\varsigma\ \pi\dot{\alpha}\nu\tau\omega\nu$. Daher müssen wir uns immer mehr von der Wahrheit als von der Auctorität leiten lassen. — Allein schwerlich würde Bacon diese richtigen Grundsätze in ihrer Consequenz auf die Auctorität der Kirche und des Pabstes angewandt haben.

Als zweite Ursache nennt Bacon die *Gewohnheit* (consuetudinis diuturnitas). Das Schlechte und Falsche nehmen wir eher zur Gewohnheit an, als das Gute und Wahre. Schlimmer noch ist die dritte Ursache, die *Meinung des grossen Haufens* (sensus vulgi imperiti), weil die Menge weder im Leben noch in der Wissenschaft je im status perfectionis ist, und doch ihre Meinung hartnäckig bis zur Verstocktheit festhält. Die allergefährlichste Ursache aber ist die vierte, das *heuchlerische Scheinwissen* und Verheimlichung des eignen Nichtwissens (propriae ignorantiae occultatio, praesumptio mentis humanae). Sie ist die Quelle der drei andern. Wegen der Menge der Dinge, welche man wissen kann, kann Einer nur sehr wenig wissen, und weiss er auch noch so viel, so ist des Nichtgewussten doch noch mehr, so dass er bescheiden die Beschränktheit seines Wissens anerkennen muss und nicht über Dinge, die er nicht kennt, urtheilen darf.

Noch einen andern Uebelstand des Studiums, welches in der damaligen Zeit lag, rügt Bacon scharf. Es ist der Misbrauch des römischen Rechts, der sich besonders seit 40 Jahren eingeschlichen und viel Unheil in der Kirche und in allen Landen angerichtet habe. Die Kirche, behauptet Bacon, muss allein durch das Gesetz Gottes, wie der hebräische Staat, regirt werden, und nicht durch das jus civile Italiae. Aber leider werden die Juristen in der Kirche höher geschätzt und eher zu Stellen befördert als die Canonisten, und verursachen durch ihren Misbrauch des Rechts viel Unfriede, Streit und Krieg. Durch ihre List haben sie sich in den Besitz aller Stipendien und Einkünfte gesetzt, sodass den Theologen nichts mehr übrig bleibt. Die Juristen gehen ohne Kenntnis der Theologie und Philosophie an das jus civile, und die Canonisten müssen erst das jus civile studiren, wenn sie Mittel zum Leben erhalten wollen. Hierdurch wird das Studium der Theologie und Philosophie zerstört, das jus canonicum, das sich nur auf die heil. Schrift stützen sollte, wird oft durch das jus civile gestützt, welches doch nur von und für Laien gemacht und eines Clerikers durchaus unwürdig ist. Jedes Reich hat seine eignen Rechte; wenn nun die Cleriker sich der weltlichen Gesetze bedienen sollten, so würde es natürlicher sein, wenn sie die Gesetze ihres Vaterlandes, und nicht die Italiens hätten, welche nicht für andere Länder passten. Einem Cleriker, der auf die Weisheit Anspruch macht, ziemt es durchaus nicht, sich mit dem italienischen Recht zu beschäftigen, denn Alles, was im Gebrauch der Laien ist, ist mechanisch in Beziehung auf die Philosophie und nicht selbst ein Theil derselben; wie die Baukunst mechanisch ist in Beziehung auf die Geometrie, so ist es das jus civile laïcorum in Beziehung auf das jus civile philosophiae. (Cp. Phil. 421: Juristae civiles laïci sunt sicut bruta animalia et inanimata respectu philosophantium). Erst wenn dieser Misbrauch durch einen guten Pabst aus der Kirche ausgerottet ist, hofft Bacon auf Friede, auf gedeihliches Emporblühen der Theologie, des jus canonicum und der Philosophie *). Im Opus Tertium hofft Bacon diese Verbesserung von dem Pabst Clemens IV., indem er schmeichelnd an des Pabstes juristische Kenntnis und an Prophezeiungen erinnert, welche einen solchen guten Pabst verheissen (O. Tert. 86). Abgesehen davon, wie viel Ursache zu solchen Klagen die Juristen durch ihr persönliches Verhalten in Rechtsfällen und in Entziehung der Einkünfte mögen gegeben haben, so spricht sich doch in dieser Verachtung des jus civile, das seit dem 12. Jahrhundert zu Bologna aufzublühen begann, ganz die Richtung jener Zeit aus, die nur auf Theologie reflectirte und sich darin gefiel, einen bevorzugten Stand, den Clerus und die Mönche, als eine über den gewöhnlichen Menschen stehende heilige Kaste anzusehen; und sein Vorurtheil in dieser Beziehung mag ihn verhindert haben, dass er dieser Wissenschaft nicht ebenso ihr Recht widerfahren liess, als anderen Wissenschaften.

Es hängt mit den entwickelten Ansichten Bacon's zusammen, dass er keinen Unterschied zwischen rein philosophischen und andern Wissenschaften macht; vielmehr lässt er die Philosophie alle Wissenschaften umfassen. Allein, wie bemerkt, vermisst man eine systematische Gliederung derselben; sie stehen nur neben einander, und sind auch nicht streng von einander geschieden, da sie oft in einander übergehen. Als speculative Wissenschaften (cf. oben p. 23) führt Bacon auf (Cp. Phil. 396): Grammatik, Logik, Natur-Philosophie, Metaphysik, 4 — 5 mathematische Wissenschaften (cf. O. Tert. 59), und speculative Alchemie; als praktische vier mathematische Wissenschaften, praktische Alchemie und Medicin, Experimental-Philosophie, Moral-Philosophie mit jus civile und Theologie mit jus canonicum. Die neun mathematischen Wissenschaften sind wahrscheinlich (cf. O. Maj. 21. O. Tert. 200. O. Maj. 65. 149): 1) Geometrie, 2) Astronomie, 3) Mu-

---

*) Utinam igitur excludantur cavillationes et fraudes juristarum et terminentur causae sine strepitu litis, sicut solebant esse ante quadraginta annos. O si videbo oculis meis hoc contingere! etc. O. Tert. 85.

sik, 4) Optik, jede mit einem speculativen und praktischen Theil, 9) Arithmetik. Doch ist die Aufzählung nicht befriedigend, da Bacon an verschiedenen Stellen sich nicht gleich bleibt. Es möge nun eine Darlegung der Lehren und Leistungen Bacon's, soweit sich dieselben aus den zugänglichen Werken beurtheilen lassen, nach den einzelnen Wissenschaften geordnet folgen. Wenn hierbei Lücken im systematischen Zusammenhang fühlbar werden, so ist zu bedenken, dass ebenso seine praktische, auf das Nützliche und Moralische sehende Richtung hieran Schuld trägt, als die Unzugänglichkeit eines Theils seiner Schriften, hauptsächlich über Metaphysik und Physik.

Grammatik.

(O. Maj. prs. III. O. Tert. 88 ff.)

Als das erste Mittel zur Wissenschaft bezeichnet Bacon die Sprachkenntnis, und zwar neben dem Lateinischen vor allen Dingen die Kenntnis der griechischen und hebräischen, dann auch der chaldäischen und arabischen Sprache. Da der heilige Text griechisch und hebräisch, die philosophischen Schriften aber griechisch und arabisch geschrieben sind, und weder in der Theologie noch Philosophie lateinische Original-Schriften vorhanden sind, der Sinn der Urschrift aber in der Uebersetzung stets getrübt wird, so ist es nothwendig, selbst an die Originalschriften heranzutreten. Auch ohne dass gerade Fehler in der Uebersetzung vorkommen, ist doch zur richtigen Erkenntnis des Sinnes im Urtext und zur Exposition desselben Sprachkenntnis nöthig. Viele Worte der Philosophie und Theologie lassen sich durch rein lateinische Worte gar nicht wiedergeben. Ja Bacon behauptet, die lateinische Sprache sei grösstentheils zusammengesetzt aus der griechischen und hebräischen Sprache (O. Tert. 33). Doch bezieht er dieses sicher nur auf die philosophischen und theologischen Fremdwörter und auf die Buchstaben der lateinischen Sprache (O. Maj. 52), da er an andern Stellen scharf die Unwissenheit seiner Zeitgenossen rügt, welche die Etymologie lateinischer Worte aus dem Griechischen (z. B. coelum von casa helios = domus solis, O. Maj. 53) und die griechischer Worte aus dem lateinischen ableiteten (z. B. παρασκευή von paro und coena. Cp. Ph. 448). Wollte man sich aber doch mit den Uebersetzungen begnügen, so steht dem einmal entgegen, dass die meisten Bücher gar nicht übersetzt sind. So erzählt uns Bacon (O. Maj. 46), von Aristoteles sei nur das erste Buch der Physik zum Theil, von der Metaphysik fast gar nichts Werthvolles übersetzt. Von Avicenna's drei Werken (O. Maj. 46. 37.) sei nur das erste Buch (liber sufficientiae), in dem er die peripatetische Philosophie behandelte, aber nicht vollständig, übersetzt, das zweite (die orientalische Philosophie), in dem er seine eigne Philosophie ohne Hülle der Wahrheit vortrage, sowie das dritte, in dem er geheime Erfahrungen sammelte, sei gar nicht übersetzt.

Zudem aber ist das Wenige, was übersetzt ist, schlecht übersetzt und bringt oft mehr Misverständnis und Verwirrung, als wahre Einsicht, sodass es Bacon für besser hielt, wenn alle existirenden Uebersetzungen des Aristoteles verbrannt wären. Drei Grade unterscheidet er in der Sprachkenntnis: 1) die fremde Sprache verstehen, 2) sie sprechen, 3) sie übersetzen; zum letzten ist neben genauer Kenntnis der zwei Sprachen noch die Kenntnis der Wissenschaften nöthig, über welche gehandelt wird. In Beziehung auf die philosophischen Schriften aber verstehe nur Einer die Sprachen, Boëtius, und nur Einer die Wissenschaften, Robert Grostete. Andere Uebersetzer irrten noch mehr, als die alten Heiligen; so Gerhard Cremonensis, Michael Scotus, Aluredus Anglicus. Hermannus Alemannus, und Willielmus Flemingus, welche schlechte Uebersetzungen anfertigten. Herm. Alemannus liess sich, da er nur wenig von dem Arabischen verstand, von einem Saracenen helfen, und die Uebersetzungen des Mich.

Scotus hat meist ein Jude Andreas gemacht. Am wenigsten versteht von Sprachen und Wissenschaften der jetzt blühende W. Flemingus (Cp. Phil. 471. 472).

In Beziehung auf die heil. Schrift aber bekennt Hieronymus selbst, dass er sich oft an die früheren schlechten Uebersetzungen angelehnt und oft zu flüchtig übersetzt habe (Cp. Phil. 470). Was ursprünglich gut übersetzt ist, ist obendrein noch später corrumpirt, so besonders in den verbreiteten pariser Exemplaren der heil. Schrift (O. Tert. 92. O. Maj. 49. O. Min. 330). Dazu drängt sich jeder Unbefugte heran, sowohl unter den Dominikanern und Franziskanern wie unter den Weltlichen. Am meisten ist durch die Dominikaner verdorben, welche schon seit länger als 20 Jahre eine Correction über die andere machen, sodass das uncorrigirte pariser Exemplar noch besser ist, als das corrigirte. Den Juden und Arabern aber, (Cp. Phil. 472) schreibt Bacon absichtliche Fälschung der Texte zu.

Das Beispiel der alten Heiligen und Philosophen, welche fremde Sprachen trieben, führt Bacon als ein nachahmungswürdiges an; sie überliefern Vieles unerörtert und verlassen sich auf die Späteren (Cp. Phil. 464).

Dabei beklagt Bacon die Seltenheit der Original-Schriften und die Schwierigkeit sie zu erlangen. So habe er Cicero's De republica trotz allen Nachsuchens gar nicht, den Seneca erst nach dem päbstlichen Befehl finden können (O. Tert. 55). Auch viele Bücher des heiligen Textes sind theils nicht übersetzt, theils abhanden gekommen, z. B. das 3. und 4. Buch der Makkab., welche er im Griechischen gesehen habe (O. Maj. 46. Cp. Phil. 474), das Buch Henoch, das im Briefe Judä citirt werde, viele Bücher Salomon's etc.

Bacon selbst verräth für jene Zeit nicht unbedeutende Kenntnisse in der Grammatik (cf. O. Tert. 233 ff. Cp. Phil. 445 ff). Er verfasste ein Werk über comparative Grammatik, sowie einen Leitfaden der griechischen Sprache mit dem Paradigma $\tau\acute{\upsilon}\pi\tau\omega$; auch ein Specimen der griechischen Paläographie, das erste derartige im Occident, rührt von ihm her (cf. Brewer, pref. LXIV). Seine Einsicht in Betreff der Wichtigkeit der Philologie und seine Bemühungen um Original-Schriften, sein Dringen auf die Vergleichung der Uebersetzungen mit dem Urtexte, um die Textfehler zu finden (O. Tert. 34. Cp. Phil. 332), sein kritischer Takt in Schätzung der guten und schlechten Uebersetzungen — (so hielt er z. B., weil der Pentateuch in den LXX besser übersetzt sei, als die übrigen Bücher, die Uebersetzung dieser letzteren durch die LXX für sehr unwahrscheinlich) — alles dieses erscheint in noch höherem Lichte, wenn man den höchst unkritischen Charakter seines Zeitalters berücksichtigt.

Im Opus Tertium (p. 100) erwähnt Bacon noch einen zweiten Theil der Grammatik, der seither noch nicht behandelt worden sei, über die Namengebung und Zusammensetzung der Sprachen (de compositione linguarum et impositione vocum). Ob er diesen Theil später ausführlich behandelt hat, ist ungewis.

Logik.

Weniger Gewicht als auf die Gramatik legt Bacon auf die Logik. Er schreibt ihr deshalb nicht soviel Einfluss auf die andern Wissenschaften zu, weil wir sie ihrem Inhalt nach schon von Natur kennen. Alle Menschen können richtige Schlüsse ziehen, können falsche und richtige Schlüsse unterscheiden, ohne Kenntnis dieser Wissenschaft (Aristoteles dicit, quod idcotae syllogizant. O. Tert. 102). Die Behandlung der Logik als Wissenschaft setzt schon das, was ihren Inhalt bildet, voraus, nämlich die natürliche Logik, welche dem Menschen angeboren, und nicht erst auf natürlichem Wege erfunden ist. Das, was wir in dieser Wissenschaft lernen, sind nur die vocabula logicorum.

Im Opus Majus (p. 46. 47. 59) verlangt Bacon, dass es, wie für den intellectus, so auch für den Willen (welcher über dem Verstand steht) eine Logik geben müsse, um die zwei Argumente, welche den Willen (intellectus practicus) bewegen, näher zu betrachten, und hierdurch der Moral-Philosophie und Theologie zu Nutzen zu kommen. Diese zwei Argumente sind das argumentum rhetoricum, welches zur guten That, und das argumentum poeticum, welches zur Liebe zu den guten Werken anregen soll (drei Manuscripte über Logik siehe Brewer LXIX).

Metaphysik.

Diese Wissenschaft bezeichnet Bacon im Opus Majus (p. 40) als die scientia de illis quae omnibus rebus et scientiis conveniunt et ostendit numerum scientiarum. Sie hat die Unvollkommenheit der Philosophie darzuthun, und dadurch auf die höher stehende Theologie hinzuweisen. — Leider sind Bacon's metaphysische Schriften noch ganz unzugänglich (cf. Brewer LXXII). Vielleicht hätten wir in ihnen eine Ergänzung des lockern systematischen Zusammenhangs seiner Philosophie und seiner Wissenschaften zu erwarten. Da sich übrigens die damalige Philosophie ganz auf Aristoteles stützte, so würde Bacon die Frage über Form und Materie, welche er nur beiläufig abhandelt, um den Nutzen der Mathematik zu ihrem Verständnis zu zeigen, hierher gezählt haben, und daher möge die Erörterung derselben hier im Zusammenhang ihre Stelle finden.

Obwohl sich Bacon der aristotelischen Lehre von der Form und Materie anschloss, so finden sich doch wesentliche Abänderungen bei ihm. Schon Averroes hatte des Aristoteles Lehre in der Weise weiter fortgebildet, dass er der Materie einen viel grösseren Werth beilegte, als Aristoteles. Für eine jede bestimmte Form ist schon eine bestimmte Materie vorhanden; die in der Materie schon der Möglichkeit nach liegenden Formen müssen nur ausgesondert werden, um ein bestimmtes Dasein hervorzubringen. Bacon ging einen Schritt weiter, indem er einestheils noch entschiedener die Bedeutung der Materie in der Weise betonte, dass er jeder bestimmten Form eine bestimmte Materie zukommen liess, anderentheils aber ihre allzugrosse Bedeutung dadurch verminderte, dass er sie nur als eine Vielheit und als ein Geschöpf Gottes gelten liess. Sein erster Grundsatz ist: Omnis res naturalis producitur in esse per efficiens et materiam (materiale principium — O. Maj. 66. O. Tert. 107). Dabei stellt er aber den andern Grundsatz auf: Materia propria requirit formam propriam (O. Tert. 121). Daher bestreitet er auf's Entschiedenste die Meinung, dass die Materie Eine in allen Dingen sei. Das zu lehren sei nicht nur Irrthum, sondern sogar Häresie und Blasphemie, weil daraus folgen würde, dass sie nur eine Form habe; dann wäre die Materie von unendlicher Macht und wäre selbst Gott (O. Maj. 88). Hiernach konnte also Bacon nicht wie Aristoteles die Materie als das Nichtseiende bezeichnen; doch behauptet er, er habe dieselbe ·Ansicht, wie Aristoteles, dieser sei hierin misverstanden worden. Die Verschiedenheit der Dinge rührt ebenso von der Materie als von der Form her.

Was die Wirksamkeit der Formen betrifft, so denkt sich Bacon dieselbe als das Wirken einer dem agens (efficiens) in der Form zukommenden natürlichen Kraft, welche er mit verschiedenen Worten bezeichnet; er nennt sie virtus, species, forma, similitudo agentis etc. Sodann unterscheidet er die *Entstehung* und das Wesen dieser Kraft (generatio), ihre *Ausbreitung* (multiplicatio) und ihre *Wirkung* (actio). Auch die ganze Lehre von der Wirksamkeit der Formen nennt er multiplicatio specierum. (Unter diesem Titel findet sich im O. Maj. 358 — 445 ein besonderer Abschnitt hierüber; cf. O. Maj. 65 — 67. O. Tert. 106 — 117).

Die species, lehrt Bacon, ist dem agens immer gleich in Natur und Wesen (O. Maj. 359). Die species des Lichts ist Licht, die der Wärme ist Wärme; die species einer Substanz ist Substanz, die eines Accidens ist Accidens; die species eines Allgemeinen ist ein Allgemeines, die eines Besonderen ein Besonderes. Doch kommen diese allgemeinen und besondern species ebensowenig, wie die allgemeinen und besondern Dinge getrennt von einander vor. Als die Dinge, welche eine species erzeugen, gibt Bacon alle Substanzen, sowohl körperliche als geistige, und acht accidentia an: das Warme, Kalte, Feuchte, Trockene, Licht, Farbe, Geruch, Geschmack (auch Op. Tert. 108 den Schall). Da die species immer gleich ist dem agens, so wird die species einer Substanz weder von der Form noch von der Materie der Substanz allein, sondern von der Zusammensetzung beider, von der Substanz selbst hervorgebracht (O. Maj. 367. O. Tert. 108. 9: Species substantiae compositae est composita et non est solius formae). Aus dieser Aehnlichkeit der species mit dem agens folgt der Satz: Je bedeutender das agens, desto wirksamer die species. Eine geistige Substanz bewirkt eine stärkere species als eine körperliche, eine Substanz eine stärkere als ein accidens (O. Maj. 66). Zwischen den himmlischen und irdischen Dingen findet ein derartiges Verhältnis statt, dass jene auf diese wirken (O. Maj. 66: coelestia sunt causa inferiorum), sowie auch gegenseitig auf einander; aber auch die irdischen Dinge wirken auf die himmlischen, doch nicht so, dass die Wirkung ein Entstehen oder Vergehen der himmlischen Dinge ist (O. Maj. 382).

Bacon denkt sich nun die Wirkungsart des agens auf das patiens nicht als einen äusserlichen oberflächlichen Abdruck oder Eindruck des ersten im letzteren, wie das Siegel seine Gestalt dem Wachse eindrückt; das wäre zu oberflächlich für die Wirkung der Natur (actio naturalis est in profundo patientis O. Maj. 373) — auch nicht so, dass das agens etwas von sich ausschickt (agens non immittit aliquid in patiens), denn wo sollte das agens dieses dritte Fremdartige hernehmen? Vielmehr lehrt Bacon, ähnlich wie Averroes, dass das agens das patiens erregt, sich nach der in ihm liegenden Anlage selbst zu verändern (per naturalem immutationem et eductionem de potentia materiae O. Tert. 108), und zwar bezeichnet er dieses Vermögen als ein actives (de potentia activa, non receptiva).

Hiermit stimmt nicht recht überein, dass Bacon auch von einer receptiven Materie spricht; sie soll dem Geber der Formen, d. i. dem Schöpfer entsprechen, dessen unmittelbare Wirksamkeit wir in natürlichen Dingen (in rebus naturalibus), aber nicht anzunehmen haben (O. Maj. 373. 4). Ja in einer andern Stelle spricht er der Materie das agere sogar gänzlich ab (O. Maj. 369: materia est in sola potentia passiva). Es scheint ihm ein Unterschied zwischen der Wirksamkeit Gottes und dem natürlichen Wirken der Naturkräfte vorgeschwebt zu haben; in jener scheint er ein Verhältnis zwischen reiner Form und receptiver Materie, in diesem ein Verhältnis zwischen der species eines agens und der activen Materie angenommen zu haben. Uebrigens lässt er auch die species (virtutes) der Dinge von Gott aus dem Nichts geschaffen sein (O. Maj. 66). Vielleicht liesse sich über diesen Punkt noch Aufschluss in seinen ungedruckten Schriften finden.

Was die *Verbreitung* und Fortpflanzung der species betrifft, so sucht Bacon besonders hierin die Nothwendigkeit der Mathematik, und zwar der Geometrie zu ihrem Verständnis zu zeigen. Er hat vorzugsweise die Gesetze der Optik dabei im Auge und wendet in dieser Wissenschaft die gefundenen Gesetze an. Offenbar hat ihn die Optik auf die Lehre gebracht, die hier in kurzen Umrissen folgen soll.

Die Fortpflanzung der species geschieht auf vier Arten:

1) Der Regel nach in geraden Linien. Jeder Punkt des agens wirkt nach allen Seiten in geraden Linien; fällt dieser gerade Strahl senkrecht auf das patiens, so wirkt er am stärksten, fällt er schiefer, so wirkt er schwächer.

2) In gebrochenen Linien wird die Wirkung geschwächt. Geht der gerade Strahl aus einem dünneren in ein dichteres Medium über, so wird er, ausser wenn er senkrecht fällt, nach dem im Einfallspunkte zu errichtenden Perpendikel hin

gebrochen; **geht** er aus einem dichteren in ein dünneres Medium über, so wird er von diesem Perpendikel weg gebrochen.

3) In reflektirten Linien geschieht die Fortpflanzung dann, wenn der gerade Strahl auf eine glatte ebene oder krumme Fläche fällt, wobei der Einfallswinkel dem Ausfallswinkel gleich ist.

4) Die krummlinige Fortpflanzung kommt nur (supra leges naturae O. Tert. 114) bei den Sinnesnerven vor, indem die species, sobald sie in den Nerv tritt, ihren geraden Weg verlässt, und dem krummen Weg des Nervs folgt. So erklärt sich die Wirkung der Aussenwelt auf unsere sinnliche Erkenntnis.

Ausserdem redet Bacon noch von einer multiplicatio accidentalis; darunter versteht er eine solche species, deren agens keine Substanz, sondern selbst wieder eine species ist, wie er am Beispiel eines durch ein Fenster in ein Zimmer fallenden Sonnenstrahles zeigt; dieser Strahl ist species principalis, das übrige Licht im Zimmer rührt nicht direkt von der Sonne, sondern von ihrer species her und ist species accidentalis.

Da die species sich nicht in's Unendliche fortpflanzt, so ist auf einen Widerstand des Mediums zu schliessen, welcher die species endlich aufhebt, und da keine endliche Kraft in einem Augenblick wirkt, so ist zur Fortpflanzung der species eine gewisse Zeit nothwendig.

Obgleich nun die species selbst ihrem agens gleich ist, so ist doch ihre *Wirkung* eine verschiedene; sie ist theils eine gleichartige (die actio univoca), theils eine ungleichartige (actio aequivoca). Erstere findet statt, wenn z. B. das Licht Licht, die Wärme Wärme erzeugt; letztere, wenn die Wärme Verwesung bewirkt. Diese Verschiedenheit liegt aber nicht an dem agens (denn ein naturalis agens wirkt immer auf dieselbe Weise), sondern an der Verschiedenheit des patiens (sol per eandem virtutem dissolvit ceram et constringit lutum, O. Maj. 364). Ebenso ist die Wirkung der species in den Sinnen eine andere als ausserhalb derselben (calidum corrumpit frigidum, sed non sensum).

Bei der Frage, welche agentia durch ihre species vollkommene Wirkungen (effectus completos) hervorbringen können, so dass das patiens ganz in ein dem agens Gleiches verwandelt wird, kommt Bacon zu dem Resultat, dass die vier Elemente dieses können, sowie das Warme, Kalte, Trockene und Feuchte, besonders das Feuer und das Warme, weil diese zwei vornehmer sind, als die andern. Hiebei macht er sich folgenden Einwurf: Da die himmlischen Dinge und die gemischten Substanzen überhaupt edler sind als die Elemente, so müssten sie auch wirksamere species haben und wie die Elemente vollkommene Wirkungen hervorbringen. Hier hilft sich Bacon so, dass er ihnen zwar die aptitudo dazu zugesteht, aber die potentia durch göttliche Ordnung und allgemeines Naturgesetz genommen werden lässt (O. Maj. 385).

Der Grund der Unvergänglichkeit in unvergänglichen Wesen (Engel, Himmel) ist der, dass in ihnen die Form das ganze Vermögen (potentia) der Materie befriedigt, und der Grund der Vergänglichkeit ist der, dass die Materie ein Vermögen zu einer neuen Form besitzt (O. Tert. 123: potentia ad formam novam et appetitus est causa corruptionis in rebus corruptibilibus).

Man sieht wie Bacon immer die Wirklichkeit der einzelnen Dinge voraussetzt, und hiernach entscheidet sich sein Verhältnis zum Realismus und Nominalismus, über welche Frage jedoch im 13. Jahrhundert nicht gestritten wurde. Bacon nahm keine extreme Stellung hierin ein, vielmehr behauptet er ebenso die Wahrheit des Allgemeinen, wie die des Besonderen (O. Maj. 372); seiner ganzen Richtung gemäss betonte er aber mehr die Wahrheit der einzelnen Dinge; das Allgemeine existirt nur in den einzelnen Dingen, aber diese können ihr Allgemeines nicht entbehren.

Mathematik.

Mehr noch als die Sprachkenntnisse preist Bacon die Mathematik als Vorbedingung und Thor zu allem Wissen (O. Maj. 57). Sie ist die leichteste aller Wissenschaften, uns gleichsam angeboren, und auch zuerst unter allen Theilen der Philosophie erfunden (O. Maj. 61). In der Mathematik allein kommen wir zur vollen Wahrheit, und sie steigt in andere Wissenschaften hinab, befördert ihr Verständnis und befestigt ihre Beweise. Die wichtigste Kategorie nach der Substanz ist die Quantität, diese aber kann ohne Mathematik nicht verstanden werden. Bacon schätzt auch die reine Mathematik nicht ihrer selbst wegen, sondern wegen ihres Nutzens für andere Wissenschaften, namentlich für die Naturkunde; und wenn es auch oft sein astrologischer Aberglaube ist, durch welchen er die Mathematik empfehlen will, so zeigt er uns doch, dass ihm eine gründliche Einsicht in ihre Bedeutung keineswegs abgeht.

Bacon nennt (O. Tert. 200) vier mathematische Wissenschaften: Geometrie, Arithmetik, Astronomie und Musik, doch führt er sie nicht alle im Einzelnen aus. Er behandelt in dem Abschnitt über Mathematik (O. Maj. pars IV) ohne innern Zusammenhang Fragen aus der Metaphysik und Physik des Aristoteles, über Geographie, Chronologie und Astronomie. Es mögen die wichtigsten dieser Fragen — ausser der erwähnten über Form und Materie — hier einzeln folgen; diese wichtigsten sind Widerlegung der Atomisten durch eine geometrische Demonstration, Erörterung über die Zeit durch geometrische Analogie, über den leeren Raum und den Ort geistiger Substanzen. Da diese die aristotelische Physik betreffenden Sätze über Raum und Zeit aber doch nicht in der Vollständigkeit von Bacon behandelt sind, um eine systematische Entwicklung derselben versuchen zu können, da sie vielmehr nur beiläufig berührt werden, um den Nutzen der Mathematik zu ihrem Verständnis zu zeigen, so wird die äussere Nebeneinanderstellung derselben gerechtfertigt erscheinen.

Wiederlegung der Atomisten.

Bacon findet die Lehre der Atomisten unhaltbar. Die leichteste Widerlegung lasse sich durch einen geometrischen Nachweis geben: Aus ihrer Ansicht würde der undenkbare Satz folgen, dass die Diagonale in einem Quadrate mit der Seite nicht nur commensurabel, sondern auch ihr gleich sein würde. Er denkt sich im Sinne der Atomisten die Atome regelmässig, und zwar quadratisch geordnet; daher kommen auf eine Seite eines Quadrats ebensoviel Atome als auf die Diagonale. Da nun alle Atome als untheilbar gleich sind, so folgt hieraus die Gleichheit der Diagonale und Seite (O. T. 131. 2. O. Maj. 93).

Ueber die Zeit.

Mit Aristoteles erklärt Bacon die Zeit als etwas der Bewegung Zukommendes (O. Maj. 103. Motus est subjectum temporis). Die Einheit der Zeit folgert er nicht aus der ersten Bewegung des Himmels, überhaupt nicht aus der Einheit der Bewegung, sondern aus ihrem Wesen. Bacon vergleicht die Zeit mit einer geometrischen Linie, die nur der Länge nach, nicht aber der Breite nach theilbar ist (Omne dimensionatum, a parte, qua non est dimensionatum, compatitur aliud, O. Tert. 143). Diese linienförmig continuirlich ausgedehnte Zeit ist nun für alle Bewegungen dieselbe, es gibt nur eine Zeit vieler Bewegungen.

Wie es nur eine Zeit gibt, so gibt es auch nur eine Ewigkeit (O. Tert. 189 aevum), doch hat diese keine Theile wie die Zeit, denn Bacon vergleicht sie mit dem mathematisch untheilbaren Punkte. Daher hat das aevum kein Früher und Später in sich. Hätte das aevum Theile, so wären sie entweder zugleich (und dann wären sie überflüssig), oder sie wären successiv, dann wäre es kein aevum mehr, sondern Zeit. Das aevum verhält sich zu den bleibenden Dingen, wie die Zeit zu 'den successiven. Die bleibenden Dinge aber haben keine Theile ihres Seins (denn dieses ist das Gegentheil von dem Sein der successiven Dinge, welches Theile hat); daher hat das Maas der bleibenden Dinge, das aevum auch keine Theile.

Ueber den leeren Raum.

Ebenso wie in der Frage über die Zeit folgt Bacon dem Aristoteles in der Frage, ob es einen leeren Raum (vacuum) in der Welt gebe; und er widerlegt zuerst die voraristotelische Lehre, dass die natürliche Bewegung ein vacuum voraussetze. Man sagte nämlich, ohne ein vacuum, welches den bewegten Körper aufnehme, könne keine Bewegung stattfinden. Bacon dagegen sagt, die Bewegung komme dadurch zu Stande, dass ein Körper dem andern weiche; also sei kein vacuum erforderlich. Ebenso setze die Ernährung des Körpers keine leeren Poren voraus, in welche die Nahrung hineingehe. Vielmehr gibt es überhaupt, wie Aristoteles lehrt, kein vacuum in der Welt, weder innerhalb noch ausserhalb des Himmels. Die andern Gründe, welche Bacon noch anführt, laufen in dem Gedanken zusammen, dass der Begriff des vacuum selbst alle Natur und alle Bedingungen des Natürlichen aufhebe, also in der Welt (in rerum natura) nicht vorkommen könne; z. B. nähme man ein vacuum an, so hätten die drei Ausdehnungen des Raums im vacuum keine Substanz, deren accidens sie sein könnten; sie müssten also selbst eine Substanz sein und das vacuum so aufheben.

Ueber den Ort geistiger Substanzen.

Ueber den Ort geistiger Substanzen geht Bacon im Opus Tertium (p. 173 ff.) in eine längere Untersuchung ein, und findet, dass dieselben weder an einem theilbaren noch an einem untheilbaren Ort (Punkt) gegenwärtig sein können. Denn die Untheilbarkeit wird einer geistigen Substanz in anderem Sinne beigelegt, als einem mathematischen Punkte.

Nur körperliche Substanzen müssen nothwendig immer einen Ort einnehmen; andere Dinge, welche gewissermassen auch noch körperlich sind, weil sie Eigenschaften von Körpern bezeichnen (wie unitas, numerus), stehen doch selbst in keinem Verhältnis zum Ort. Noch weniger stehen daher geistige Substanzen in irgend einer Beziehung zu einem körperlichen Ort (substantia spiritualis nullam rationem habet ad locum corporalem, O. Tert. 173). Nun sind aber nach Kirchenlehre, Schrift, Aussagen der Heiligen und Erfahrung, Engel den Menschen wesentlich gegenwärtig gewesen. Denn weil ihre Macht begrenzt ist, ist nicht anzunehmen, dass sie von ferne wirkten. Vielmehr ist dieser Punkt so zu erklären: Weil die räumliche Entfernung nur für räumliche Dinge existirt, so ist sie auch kein Hindernis für geistige Substanzen; man kann sagen, dass ein Engel, der im Himmel gegenwärtig ist, in keiner Entfernung von der Erde sei (angelus praesens in coelo non abest a terra nec distat. O. Tert. 182. 3). Nur ihre Wirkung kann in das Räumliche eingreifen, auf sie selbst hat der Begriff des Raumes und der Entfernung keine Anwendung. Doch verwahrt sich Bacon dagegen, dass man einem Engel positiv, wie Gott, die Allgegenwart beilege. Die Allgegenwart kommt Gott aus zwei Gründen zu, weil er ein Geist ist und weil er von unendlicher Macht ist (O. Tert. 183). Nur der erste Grund kommt bei den Engeln in Betracht; daher darf man ihnen nur negativ die Eigenschaft beilegen, an keinen Ort gebunden zu sein.

Ebenso ist die vernünftige Seele nicht örtlich im Körper, noch in einem gewissen Theile desselben, sondern als die Form und Vollendung des Körpers bildet sie mit diesem eine Person, und weder vom Herzen noch vom Kopfe ist sie in einer Entfernung (praesens cordi non abest capiti nec pedi nec distat ab eis, O. Tert. 185).

Astronomie.

Die dritte mathematische Wissenschaft ist dem Bacon die Astronomie, deren Nutzen er nicht genug rühmen kann. Sie hauptsächlich ist es, durch die er die Nothwendigkeit der Mathematik zur Kenntnis der irdischen Dinge erweisen will. Alle Dinge werden nur dann richtig erkannt, wenn man sie in ihren Ursachen begreift; die himmlischen Dinge aber sind die Ursachen der irdischen, und jene kann man nur durch Mathematik erkennen (O. Maj. 65. 66). Die speculative Astronomie oder Astrologie (beide Namen gebraucht er als gleichbedeutend) hat die Grösse und die Bewegungen der himmlischen Körper festzustellen, zugleich die Stellung der Planeten für jede Zeit anzugeben (und zwar dieses letztere im Interesse des Aberglaubens — O. Maj. 65).

Bacon ging von der Voraussetzung des ptolemäischen Weltsystems aus, wobei er viele richtige Ansichten entwickelt, die von Nachdenken und Scharfsinn zeugen. Jedenfalls übertraf Bacon sein ganzes Zeitalter an astronomischen Kenntnissen, und es ist interessant, zu beobachten, wie Wahrheit und Irrthum sich hier in einem seltenen Gemisch verbunden finden.

Die Erde betrachtet Bacon als eine ruhende Kugel im Mittelpunkte der Welt. Als Gründe der Kugelgestalt führt er an, dass das Wasser immer nach dem tieferen Ort fliesse, dass also alle Linien vom Mittelpunkt der Erde bis zur Oberfläche des Wassers gleich sein müssen. Dafür spreche auch die Erfahrung, dass wir vom Mast eines Schiffes weiter sehen, als von dem unteren Theile desselben (O. Maj. 96). Auch gibt Bacon dem Himmel und allen andern in ihm enthaltenen Körpern die Kugelgestalt als die Gestalt des einfachsten Körpers; dem Himmel noch besonders deswegen, weil bei jeder andern Figur in seiner täglichen Umdrehung um die Erde ein vacuum entstehen könne. Theoretisch ganz richtig behauptet hiernach Bacon weiter, dass zwei gegenüberstehende Wände eines Hauses nicht parallel seien, sondern nach unten convergiren (weil ihre Verlängerung den Mittelpunkt der Erde trifft) und dass ein Gefäss, bis zum Rande mit Wasser gefüllt, mehr an einem tiefen, als an einem hohen Ort enthalte, weil die Oberfläche des Wassers dann einer grössern oder kleinern Kugelfläche angehöre (O. Maj. 76. 98). Seine richtigen Ansichten über die Refraktion des Lichts wendet Bacon auch in der Astronomie an: Wir sehen die Sterne, je näher sie dem Horizont stehen, desto mehr an einem falschen, zu hoch stehenden Ort. Nur im Zenith findet keine Refraktion statt. Bacon schreibt jedoch diese Brechung des Lichts nicht der Atmosphäre, sondern der diese umschliessenden Sphäre des Feuers zu. Die Zunahme der Tageslänge nach den Polen hin, gibt Bacon richtig an, ebenso den Grund der Dämmerung; er weisst nach, dass die geographische Breite, die Polhöhe und der Abstand des Aequators vom Zenith gleich sind. Nach Alfraganus und Averroes führt er die richtige Theorie der Erdgradmessungen an, und er hatte eine für damals überraschend genaue Vorstellung von der Grösse der Erde. Die Länge eines Erdgrads gibt er an als $56^3/_4$ Milliarien, etwa 14,9 geographische Meilen *) (O. Maj. 142); den Durchmesser der Erde = 6500 Milliarien = 1710,5 Meilen (in Wirklichkeit = 1719 Meilen).

Die Erde nebst der Atmosphäre und der Sphäre des Feuers wird eingeschlossen vom Himmel, welcher sich als primum mobile täglich um die Erde bewegt, und aus zehn Sphären besteht; diese schliessen sich ohne einen leeren Zwischenraum aneinander. Die sieben innersten Himmel enthalten die sieben Planeten: Saturn, Jupiter, Mars, Sonne, Venus, Merkur, Mond. Im achten Himmel befinden sich die Fixsterne. Ueber den neunten und zehnten Himmel lässt sich nichts Bestimmtes bei Bacon finden (O. Maj. 296. 144). Vom äussersten Himmel behauptet er, dass er keinen Ort habe

---

*) 1 Milliare = 4000 cubiti, 1 cubitus = $1^1/_2$ Fuss; 1 geogr. Meile = 22843 par. Fuss: also 1 Meile = 3,8 Milliarien (cf. O. Maj. 144).

(O. Tert. 175. 136), weil nichts ausserhalb desselben existirt, zu dem er eine Lage habe. Die Bewegung der Himmel leitet er von den Engeln ab, sie bewirken dieselbe durch ihre species. Nach Alfraganus gibt Bacon die Entfernungen und Grössen der Planeten an. Um zu übersehen, wieweit er von der Wahrheit abstand, mögen einige Angaben hier angeführt werden.

Angeblich kürzester Abstand vom Centrum der Erde:	Wirkliche mittlere Entfernung:
Mond . . = 28694 Meil.	von der Erde = 51000 Meil.
Merkur . . = 54879 „	von d. Sonne = 8 Mill. Meil.
Venus . . = 142829 „	„ „ „ = 15 Mill. „
Sonne . . = 957895 „	von der Erde = 20 Mill. „
Mars . . = 1,043421 „	von d. Sonne = 32 Mill. „
Jupiter . . = 7,591316 „	„ „ „ = 108 Mill. „
Saturn . . = 2,320066 „	„ „ „ = 197 Mill. „
orbis stellatus = 17 Mill. „	„ „ „ = Billionen von Meilen.

Das Volumen der Sonne gibt Bacon an = 170 mal grösser als das der Erde (in Wirklichkeit 1,409725 mal grösser); den Durchmesser des Monds = 503 Meilen (in Wirklichkeit 468) und den scheinbaren Durchmesser der Fixsterne erster Grösse = $^1/_{20}$ des Sonnendurchmessers (in Wirklichkeit unmessbar). Die Sonne denkt sich Bacon als den grössten Himmelskörper, dann folgen 2) Fixsterne erster Grösse, 3) Jupiter, 4) Saturn, 5) Sterne zweiter bis sechster Grösse, 6) Mars, 7) die kleineren Fixsterne, 8) Erde, 9) Venus, 10) Mond; 11) Merkur (O. Maj. 149).

Es sei noch bemerkt, dass Bacon den Vorgang der Finsternisse richtig angab, dass er alle Sterne von der Sonne erleuchtet werden liess, dass er die Kometen für Lufterscheinungen hielt, und dass er Ebbe und Fluth zwar vom Monde herleitete, aber nicht von dessen Anziehungskraft, sondern von Dünsten, die der Mond durch sein species in der Tiefe des Meeres bewirke, wodurch ein Aufwallen des Wassers hervorgebracht werde. Dass die Wirkung bei Voll- und Neumond am stärksten sei, wusste Bacon, nur dachte er nicht an die vereinte Wirkung der Sonne und des Mondes, sondern meinte, der Mond wirke eben in diesen Zeiten am stärksten.

Rühmliche Erwähnung unter den astronomischen Arbeiten Bacon's verdient seine *Kalenderverbesserung*, welche an Genauigkeit die Gregor's XIII. noch übertraf. Julius Cäsar hatte die Jahreslänge festgesetzt auf $365^1/_4$ Tage, sodass in jedem vierten Jahr ein Tag eingeschaltet wurde. Bacon aber setzte die Jahreslänge um circa $^1/_{130}$ Tag kürzer ($= 365$ T. 5 St. 48' 55'' 38'''), so dass in jedem 130. Jahr ein Tag zuviel eingeschaltet würde. Daher müsste jener Zeit ein Schaltjahr weniger gezählt werden.

Aus dem ersten Irrthum folgt der weitere, dass die Solstitien und Aequinoctien, welche doch eigentlich immer auf denselben Tag fallen müssten, in allen circa 125 Jahren um einen Tag zurückgehen. Hierdurch rückt die wahre Zeit der beweglichen Feste zurück, und die Kirche feiert sie später, als sie der Wahrheit nach gefeiert werden sollten; woraus der weitere Uebelstand folgt, dass die Christenheit Fleisch isst in der Zeit, in welcher gefastet werden müsste (O. Tert. 280. O. Maj. 173: quod est absurdissimum — et diabolus procuravit).

Da die wahre mittlere Länge des tropischen Jahres $= 365$ T. 5 St. 48' 45'' ist, sodass alle 128 Jahre ein Schalttag ausfallen müsste, so hat Bacon dieselbe bis auf 10'' richtig bestimmt, und zwar genauer, als der gregorianische Kalender, welcher alle $133^1/_3$ Jahr (d. h. im ersten, zweiten und dritten, aber nicht im vierten Säcularjahr) einen Schalttag ausfallen lässt, also dass der Fehler nach 3300 Jahren einen Tag beträgt (cf. Mädler, populäre Astronomie, Berl. 1849).

Zwar bewirkte Bacon mit seiner Kalenderverbesserung nichts, obwohl er den Pabst bat, sie in's Werk zu setzen. Doch wird ihm in der biographia brit. (p. 354. Anmerk.)

und von Jebb (praef. 8) ein Einfluss auf Nik. Copernicus und auf die Verbesserung Gregor's XIII. zugeschrieben. Ganz mit seiner Astronomie verflochten ist Bacon's *astrologischer Aberglaube*, und so sehr Bacon auch in vielen Stücken über seine Zeit hervorragt, so kann man ihn doch hievon nicht frei sprechen, wie dieses öfters geschehen ist. Nicht nur das Allgemeine, lehrt er, sondern auch das Einzelne bringt der Himmel hervor (O. Tert. 107: Cölestia sunt causae generationis et corruptionis omnium rerum inferiorum. — Cp. Phil. 422: A coelo est origo. — O. Maj. 141: Coelo attribuitur operatio principalis. — O. Maj. 181). Von den himmlischen Körpern strahlen wirkende Kräfte aus, sodass jeder Punkt der Erde die Spitze einer solchen Pyramide von Strahlen ist. Jeden Tag, jede Stunde herrscht ein besonderer Planet, welcher aus sich selbst und nach seiner Constellation zu andern Planeten einen guten und bösen Einfluss ansübt (O. Maj. 237 ff.). So wird die Eigenthümlichkeit eines Menschen durch die Constellation vor und hauptsächlich während seiner Geburt für sein ganzes Leben bedingt (Cp. Phil. 422: complexio radicalis). So schreibt Bacon die Verschiedenheit der Völker und ihrer Sitten dem verschiedenen Einflusse des Himmels zu (O. Maj. 157). Selbst die Verschiedenheit von Zwillingen erklärt sich Bacon dadurch, dass sie in den Spitzen zweier verschiedenen Pyramiden liegen (O. Maj. 84). Jeder Mensch hat nun eine natürliche Neigung seiner angeborenen Eigenthümlichkeit zu folgen. Doch will Bacon die Freiheit des menschlichen Willens aufrecht erhalten, er setzt meist hinzu: salvo libero arbitrio (O. Maj. 157). Die menschliche Seele erhält durch die himmlischen Einflüsse starke Antriebe, das aus freien Stücken zu begehren, wozu jene die Neigung erregen (O. Maj. 151. 168. 189. De secr. opp. 538). Auch die Gnade Gottes und die Versuchung des Teufels sollen Ausnahmen bewirken können (O. Maj. 84). Durch Beobachtung der Constellationen und ihre Voraus- und Zurückberechnung soll es den Astrologen möglich sein, Urtheile über die Vergangenheit, Gegenwart und Zukunft zu bilden (O. Maj. 245). Gott wolle, dass Einiges, was er vorausgesehen oder vorausbestimmt habe, den Menschen durch die Planeten gezeigt würde. Ja Bacon fordert sogar, nichts ohne den Rath der Astrologie zu unternehmen (O. Maj. 246); er billigt es, dass Aristoteles (nach dem liber secretorum) dem Alexander gerathen haben soll, ohne Befragen der Astronomen nicht zu essen noch zu trinken. Sieht man ein Unglück voraus, so kann man bei Zeiten Vorkehrungen dagegen treffen (O. Maj. 245). Doch auch diese astrologische Prophezeiung ist wegen des freien Willens beschränkt. Der Astrolog kann keine volle Gewisheit, am wenigsten im Einzelnen geben, sondern nur ein Mittleres zwischen Nothwendigkeit und Unmöglichkeit (153 O. Maj.).

Zwar lässt es Bacon nicht fehlen, sich vom Vorwurf der Magie zu rechtfertigen; allein seine Vertheidigung zeigt nur, wie sehr er im Irrthum befangen ist. Er unterscheidet die falsche Mathematik von der wahren; nur jene sei von allen Philosophen und Heiligen als Magie verdammt, diese aber stets anerkannt. Allein die obigen abergläubischen Vorstellungen rechnet er alle zur wahren Mathematik (O. Maj. 150. De secr. opp. c. II. III).

Zwei Beispiele, an denen Bacon den Nutzen der Astronomie für die Theologie nachweisen will, mögen noch hier ihre Stelle finden. Er will die Anzahl der Religionen astronomisch bestimmen (O. Maj. 161). Weil Jupiter mit den sechs andern Planeten in Conjunction treten kann, gibt es sechs Religionen; Saturn bedeutet in seiner Conjunction mit Jupiter die jüdische Religion, Mars die chaldäische, die Sonne die ägyptische (quae ponit militiam coeli, cujus princeps est sol), Venus die muhamedanische, der Mond die Religion des Antichristen (quia luna est ultima et lex Antichristi est ultima). Doch weil sich der Mond schnell verändert, soll auch der Antichrist nicht lange bestehen. Merkur endlich bedeutet die christliche Religion (weil er die Schrift und Rhetorik bezeichnet). Hieraus soll dann hervorgehen, dass die christliche Religion die erste und vornehmste sei (O. Maj. 165).

Nach Albumasar soll die mohamedanische Religion 693 Jahre dauern (wenn sie nicht früher, setzt Bacon behutsam hinzu, durch Gottes Gnade zerstört wird); hiermit meint er, stimme auch apoc. 13, 18 überein, obgleich die Zahl des Thiers 663 *), also um 30 zu klein sei; allein die heil. Schrift verschweige oft etwas von der vollen Zahl; Gott wollte, dass ein wenig verborgen bliebe (O. Maj. 167).

Man könnte über dieses Thema noch Vieles aus Bacon's Schriften beibringen; doch wird dieses genügen, um zu sehen, wie sehr er in Vorurtheilen befangen war. Die Richtung auf Mathematik und Naturkunde war auch noch zu neu, als dass sie schon mit strenger Consequenz alle Schäden der Zeit hätte überwinden können.

Musik.
(O. Maj. 149. O. Tert. 229 ff. 296 f.)

Die Musik ist der vierte Theil der Mathematik. Die praktische Musik hat die musikalischen Instrumente zu betrachten; die speculative zerfällt in vier Arten: Die melische Musik betrachtet den Gesang, die prosaische den Accent, die Interpunction und Aspiration; die metrische und rhytmische hat es mit der Quantität der Sylben und den Versmaassen zu thun. Letztere ist besonders zum Verständnis der hebräischen Metrik nothwendig, in der die Psalmen u. a. Bücher geschrieben sind (O. Tert. 265). Wiewohl diese Dinge auch in die Grammatik fallen, so gehören sie doch ursprünglich in die Musik, weil diese die Gründe angibt, weshalb es so ist, die Grammatik aber nur, dass es so ist; sie bedient sich nur der Resultate der Musik (Grammatica in hac parte mechanica; — grammaticus se habet ad musicum, sicut carpentator ad geometricum — O. Tert. 231).

---

*) In Cp. Phil. 437 gibt er die Zahl des Thieres richtig als 666 an.

Zur Musik rechnet Bacon die Mimik; die Musik hat nicht nur durch das Gesicht auf den Menschen einzuwirken und daher die zum Tone passenden Körperbewegungen zu betrachten (O. Maj. 149. O. Tert. 308. 232: motus et flexus corporales, qui possunt conformari sono proportionibus convenientibus, ut fiat completa delectatio sensibilis).

O p t i k.

Gleicherweise wie Bacon astronomische Kenntnisse von den Arabern auf den Boden der abendländischen Christenheit verpflanzte, so erwarb er sich auch um die Optik Verdienste. Er klagt darüber, dass sie erst zweimal zu Oxford, noch nie zu Paris gelesen worden sei (O. Tert. 37). Seine Abhandlung hierüber (O. Maj. pars V, de perspectiva) ist ausserdem noch dadurch interessant, dass sie mit einer kurzen Untersuchung über die Kräfte der sinnlichen Seele beginnt. Avicenna hatte unter den Arabern die Lehre von der Seele, hauptsächlich von der sinnlichen Seele, sich an Aristoteles anschliessend und ihn erweiternd, mit Sorgfalt behandelt (cf. Ritter, Gesch. d. Phil. 8. p. 30 ff.). Bacon schliesst sich hierin ganz an Avicenna an.

Er unterscheidet ausser den fünf Sinnen fünf Kräfte der sinnlichen Seele; die erste ist der *Gemeinsinn* (sensus communis). Er bildet den Mittelpunkt der einzelnen Sinne, und durch ihn gelangen erst die durch die Sinne von aussen hereingeführten species der Dinge zur Perception der Seele. Damit aber die sinnliche Vorstellung nicht sogleich wieder verloren gehe, nachdem der sinnliche Eindruck aufhört, so hat die *Einbildungskraft* (imaginatio) dieselben zu bewahren.

Beide Kräfte haben ihren Sitz in dem vorderen der drei Theile des Gehirns; der Gemeinsinn nimmt wiederum die vordere, die Einbildungskraft die hintere Hälfte dieses Theils ein. Bacon unterscheidet neun propria sensibilia, zu deren Perception jedesmal nur ein einzelner Sinn (z. B. Licht,

Farbe) und zwanzig communia sensibilia (z. B. Entfernung, Lage, Gestalt), zu deren Perception das Zusammenwirken mehrerer Sinne erforderlich ist. Alles übrige sinnlich Wahrnehmbare wird durch die Verbindung dieser neunundzwanzig sensibilia wahrgenommen (O. Maj. 258 — 260). Da uns aber die Thiere zeigen, dass sie ein Urtheil über das ihnen Nützliche und Schädliche haben (wie z. B. das Lamm vor dem Wolf flieht, auch wenn es ihn noch nie sah), so ist eine dritte Seelenkraft, die *Urtheilskraft* (aestimatio) anzunehmen, welche dieses Urtheil vollbringt (quam Avicenna dicit sentire formas insensatas circa sensibilem materiam, O. Maj. 261). Diese erfordert wieder, wie der Gemeinsinn eine bewahrende Kraft, das *Gedächtnis* (vis memorativa), der imaginatio entsprechend. Die aestimatio und memoria nehmen den dritten, hinteren Theil des Gehirns ein. In dem mittleren dagegen liegt die Herrin der übrigen Kräfte, die *cogitatio,* welche bei den Thieren die Stelle der vernünftigen Seele des Menschen vertritt. Diese Kraft ist es, durch welche die Spinne ihr Netz, die Biene ihre Zelle bereitet. Im Menschen ist die vernünftige Seele mit dieser vis cogitativa vereinigt. Dass Bacon jeder Seelenkraft einen entsprechenden Sitz im Gehirn anweist, thut er nicht im Interesse des Materialismus, da er ausdrücklich sagt, dass das Gehirn ein Werkzeug der Seele sei (Substantia cerebri medullaris non sentit. O. Maj. 263).

Ein Unterschied von Avicenna besteht darin, dass Bacon den Gemeinsinn und die Einbildungskraft auch unter dem Namen phantasia zusammenfasst, jener dagegen die cogitatio des Bacon phantasia nennt. Der Grund hievon mag der sein, dass Avicenna in seinem Werk „de anima" die Einbildungskraft noch nicht genau von der Phantasie unterschied (cf. Ritter, Gesch. d. Ph. 8. 35. A).

Von hier aus geht Bacon weiter zu einer ziemlich eingehenden Betrachtung der Anatomie des menschlichen Auges, indem er drei Häute (die tunica uvea, cornea und sclerotica oder consolidativa) und drei das Auge ausfüllende Körper (den humor vitreus, Glaskörper, — humor albugineus, wässrige Feuchtigkeit — und anterior glacialis, Krystallinse, welche in der tela iraneae hängt) unterscheidet. Die centra dieser Körper mit sphärischen Oberflächen lässt er alle deshalb in einer Linie, der Augaxe, liegen, weil die Species, die senkrecht auffallen, am stärksten wirken und wir in dieser Richtung am genausten sehen. Wiewohl nun Bacon ganz richtige Sätze über die Brechung des Lichts in durchsichtigen Körpern von verschiedener Dichtigkeit mit ebenen und krummen Oberflächen aufstellt (O. Maj. 338 ff.), so zeigt doch seine Auseinandersetzung, wie er sich den Vorgang des Sehens erklärt, dass er noch keine richtige Einsicht in denselben hatte; von dem auf der Netzhaut hervorgebrachten verkehrten Bilde hatte er noch keine Ahnung. Vielmehr denkt er sich die Sehkraft in der Krystalllinse liegend; in ihr liegen die Spitzen der von dem Licht und der Farbe (den zwei zum Sehen nothwendigen Dingen) in pyramidaler Gestalt kommenden species. Da die senkrecht auffallenden Strahlen stärker wirken, als die übrigen, so wird dadurch bewirkt, dass wir die Gegenstände deutlich getrennt sehen; die Strahlen gehen dann weiter durch das Auge zum Nerv, und zwar der rechte Strahl auf der rechten, der linke auf der linken Seite. Indem beide Sehnerven sich vor ihrer Mündung im Gehirn vereinigen (O. Maj. 264) und indem die entsprechenden Strahlen auf entsprechende Punkte des Nerv's fallen, wird das Doppelsehen vermieden. Vollendet wird das Sehen aber erst im sensus communis, indem die species sich in den mit der Substanz des Glaskörpers verbundenen und angefüllten Nerven bis zum Gehirn fortpflanzen. Bacon lehrt, dass der Lichtstrahl eine gewisse Zeit gebrauche, um eine beliebige Entfernung zu durchlaufen (cf. oben p. 27.), wenn diese Zeit auch ihrer Kleinheit wegen nicht wahrgenommen werden könne (lux multiplicatur in tempore imperceptibili).

Aber ganz im Widerspruch mit dieser Ansicht, gleichsam als fühle er das Mangelhafte derselben, will Bacon dennoch zugleich die alte Meinung beibehalten, dass das Sehen durch einen von dem Auge ausgehenden Strahl geschehe. Dieser Sehstrahl fällt mit dem perpendikulär ankommenden Strahl der species zusammen (O. Maj. 314. Visus fit extramittendo). Seine Gründe dafür sind, weil das Auge, so gut wie jeder andere Körper eine species hervorbringe (sonst könnten wir z. B. unser Auge nicht im Spiegel sehen); weil die Sehkraft ferne halbdurchsichtige Gegenstände nicht mehr zu durchdringen vermöge (O. Maj. 297. 314) und weil manche Augen im Dunkel sehen können (Maj. 311).

Ganz richtig wendet Bacon die Gesetze der Optik an auf die scheinbare und wahre Grösse irdischer Dinge und der Weltkörper, auf die Ab- und Zunahme des Mondlichts, sowie auf das Grössererscheinen der Sonnen- und Mondscheibe nahe am Horizont; dieses letztere beruht nicht auf einem grösseren Schwinkel, sondern auf optischer Täuschung (O. Maj. 329).

Darauf entwickelt Bacon, ähnlich wie in dem Abschnitt de multiplicatione specierum, die Gesetze des geraden, reflectirten und gebrochenen Lichtstrahls. Seine richtigen Ansichten hierüber in so früher Zeit erregen mit Recht unsere Bewunderung, und die jetzige Wissenschaft übertrifft ihn hierin nur an grösserer Schärfe und genauerer Kenntnis der mathemathematischen Gesetze. Er selbst beschäftigte sich mit Anfertigung optischer Instrumente, Brenngläser und Brennspiegel, und weiss, dass zu einem Brennspiegel eine reine Kugelfläche sich nicht vollkommen eignet, sondern dass die reflectirende Fläche die Krümmung eines der Länge nach ausgeführten Kegelschnitts haben muss (O. Maj. 409).

Ob Bacon die Erfindung des Teleskops zugeschrieben werden kann, ist mehr wahrscheinlich als unwahrscheinlich. Von den Einen ist sie ihm ebenso zugeschrieben, wie von Anderen abgesprochen. Bekanntlich wird keiner als Erfinder sicher genannt; mit vieler Wahrscheinlichkeit nur der middelburger Brillenschleifer Zacharias Johannides. Aus Bacon's Schriften geht wenigstens soviel hervor, dass er den Gebrauch convexer Gläser zur Vergrösserung und zum Gebrauch der Kreise gekannt hat (cf. De secr. opp. c. V. — O. Maj. 352) *) und dass er eine Art Fernrohr gehabt hat (O. Maj. 357) **). Ob er dieses aber zu astronomischen Beobachtungen angewandt habe, bleibt zweifelhaft, da er unter astronomischen Instrumenten kein Fernrohr ausdrücklich erwähnt. Dafür, jedoch nicht sicher, scheint die bei Jebb (praef. 10) citirte Stelle zu sprechen ***). Hat er das Fernrohr in der Astronomie angewandt, so ist es noch sehr unvollkommen gewesen, da er von Phänomenen, welche durch ziemlich schwache Fernröhre schon jedem Beobachter in die Augen fallen (z. B. von Sonnenflecken, Lichtnebel, Jupiterstrabanten) noch keine Ahnung hat.

Alchemie.

(O. Tert 39 ff. O. Min. 359 ff.)

Die Alchemie betrachtet in ihrem speculativen Theil die Entstehung der lebendigen und leblosen Dinge aus den Elementen. Die praktische Alchemie lehrt edle Metalle, Farben

*) Si vero homo aspiciat literas et alias res minutissimas per medium crystalli . . . et sit portio minor sphaerae . . . longe melius videbit literas et apparebunt ei majores . . . et hoc instrumentum est utile senibus et habentibus oculos debiles.

**) Nam possumus sic figurare perspicua, et taliter ea ordinare respectu nostri visus et rerum, quod frangentur radii et flectentur, quorsumcunque voluerimus et sub quocunque angulo voluerimus, videbimus rem prope vel longe, et sic ex incredibili distantia legeremus literas minutissimas, et pulveres ac arenas numeraremus propter magnitudinem anguli sub quo videremus . . . sic etiam faceremus solem et lunam et stellas descendere secundum apparentiam hic inferius, et similiter super capita inimicorum apparere . . . ut animus mortalis ignorans veritatem non posset sustinere.

***) O. Tert. 36: Sed longe magis . . . oporteret homines haberi, qui optime scirent perspectivam et instrumenta ejus . . . quia iustrumenta astronomiae non vadunt nisi per visionem secundum leges istius scientiae. — Doch könnte sich dieses auch auf das Sehen in gerader Linie beziehen.

u. dergl. besser zusammenzusetzen als durch die Natur, und bestätigt dadurch die speculative Alchemie. Sie kann dem Staate grossen materiellen Gewinn bringen und zeigt Mittel zur Verlängerung des Lebens.

Bemerkenswerth ist es, dass Bacon lehrte, alle Metalle entständen aus Quecksilber und Schwefel; je reiner diese, desto edler das Metall. Die Natur strebt zur Vollendung des Goldes; kommen aber hindernde accidentia hinzu, so gibt es ein schlechteres Metall. Daher muss man durch fortgesetztes Reinigen dieser auch ein reineres Gold darstellen können, als das natürliche Gold.

Durch dieses Gold soll nun eine Medicin bereitet werden können, wodurch das Leben verlängert wird (O. Maj. 466. O. Min. 375. De secr. opp. c. VII). Nach dem Fall setzte Gott dem Menschen, der vorher unsterblich war, einen letzten Termin, welchen er nicht überleben kann. Aber die Menschen sterben in der Regel schon lange vor diesem Termin, und doch können wir unser Leben durch richtiges Verhalten und durch die genannte Medicin auf lange Jahre verlängern. So weiss Bacon von Personen, z. B. von einem sicilianischen Landmann zu erzählen, welche nach diesem Trank langes Leben und Gesundheit gewannen.

Doch war Bacon auch mit mancher Naturkraft bekannt, deren Kenntnis damals zur Seltenheit gehörte. Erweislich war er mit den Eigenschaften des Magnets (De secr. opp. c. VI. O. Maj. 474) und des Schiesspulvers bekannt (O. Maj. 474 *). De secr. opp. o. VI. IX). Mit diesem Pulver müsste es, meint Bacon, leicht sein, ein feindliches Heer zu zerstören, oder den Antichrist zu überwinden, ohne Christenblut zu vergiessen.

*) ... scilicet ut instrumento facto ad quantitatem pollicis humani ex violentia illius salis, qui sal petrae vocatur, tam horribilis sonus nascitur in ruptura tam modicae rei, scilicet modici pergameni, quod fortis tonitrui sentiatur excedere rugitum etc.

Experimental-Philosophie.
(O. Maj. 445 ff.)

Bacon legt seiner ganzen praktischen Richtung nach grosses Gewicht auf die Erfahrung; sie gewährt uns ein sichereres Wissen, als jede Demonstration; ein Beweis genügt noch nicht, erst die Erfahrung gibt uns den vollständigen Besitz der Wahrheit (Sine experientia nihil sufficienter sciri potest O. Maj. 445). Er unterscheidet eine zweifache Erfahrung, eine äussere durch die Sinne und eine innere durch göttliche Erleuchtung; in letzterer zählt er sieben Grade auf. Weil diese Wissenschaft die Schlusssätze aller andern durch die Erfahrung bestätigen soll, nennt er sie die Herrin aller speculativen Wissenschaften. Sie hat zu untersuchen, was durch Kunst und Natur hervorgebracht werden kann, und hat mit den magischen Künsten bekannt zu machen, um ihre Nichtigkeit einzusehen. Auch von dieser Wissenschaft lässt Bacon die Erkenntnis der Zukunft, und zwar eine genauere, als durch die Astronomie, sowie die Vollbringung wunderbarer Werke hoffen. Doch hat er uns nicht mitgetheilt, wie wir jene Kenntnis erlangen; unter den wunderbaren Werken dagegen denkt er sich z. B. grosse Brennspiegel, mit denen man sarazenische Heere vernichten könne. Auch wunderbare Werke der Mechanik scheint er hierher zu rechnen; er erzählt uns von Schiffen, welche durch einen einzigen Menschen ohne Ruder, und von Wagen, welche ohne Zugvieh sehr schnell forbewegt werden könnten (de secr. opp. IV). Den Nutzen dieser Wissenschaft für die Kirche sucht Bacon noch besonders dadurch zu zeigen, dass er hofft, durch solche Werke könnten die Heiden mehr als durch Beweise zur Ueberzeugung von der Wahrheit der christlichen Religion gebracht werden (O. Maj. 476).

Man sieht, wie Bacon sich hier wieder an Aristoteles anschliesst. Er will Erkenntnis der weltlichen Dinge, welche nicht durch Demonstration, sondern durch Erfahrung zu erlangen ist, so dass er sogar aus dem, was eine Eigenthümlichkeit seiner ganzen Richtung bezeichnet, eine besondere Wissenschaft macht.

Moral-Philosophie.

Als Schlussstein der Philosophie betrachtet Bacon die Moral, alle andern Theile der Philosophie gewinnen erst durch ihre Beziehung auf sie ihre Bedeutung (haec scientia est finis omnium et domina et regina. O. Tert. 52. 48). Alle andern Wissenschaften, auch die praktischen, sind im Vergleich zu dieser spekulativer Natur und dieses ist die eigentlich praktische Wissenschaft. Den Inhalt der Moral theilt Bacon in sechs Theile:

Der erste Theil gibt, so weit es der Philosophie zukommt, die Lehre von Gott, den Engeln und Dämonen, und von dem zukünftigen Leben (O. T. 48). Wahrscheinlich meinte er hiermit eine Art natürlicher Theologie.

Zweitens gibt die Moral-Philosophie öffentliche Gesetze für den Cultus und Staat. Hierher gehört das jus civile, welches philosophisch und nicht von Laien behandelt werden sollte.

Drittens lehrt sie die Tugend zu lieben und das Laster zu hassen, worin die Christen zu ihrer Schande von den heidnischen Philosophen übertroffen werden (cf. Cp. Phil. 401).

Der vierte Theil, der wichtigste in aller menschlichen Weisheit, gibt mit Herbeizichung aller andern Wissenschaften den Beweis, dass es nur eine berechtigte Religion gibt (O. Tert. 51). Als einen derartigen Beweis von der Principalität der christlichen Religion sieht Bacon z. B. den oben (p. 48) in der Astrologie mitgetheilten an.

Der fünfte Theil behandelt die Art und Weise, wie man zur Befolgung dieser gefundenen Wahrheiten zu ermahnen hat.

Endlich gibt Bacon noch einen sechsten Theil an, der wohl in den zweiten fallen müsste; er handelt „de causis ventilandis coram judice, ut fiat justitia."

Da nun diese Wissenschaft das Ende und der Zweck aller andern Philosophie ist, so muss sie auch der Anfang sein (quia finis imponit necessitatem iis, quae sunt ad finem. O.

Tert. 53. . et finis primus est in intentione et movet efficiens in tota operatione. O. Tert. 54). Daher dringt Bacon darauf, dass der Jugendunterricht mit Moral, mit Unterweisung in der heil. Schrift, und nicht mit Lesen der verderblichen Fabeln des Ovid begönne, in.denen nur Irrthümliches in Sitten und Glauben, z. B. Vielheit der Götter, gelernt würde.

Theologie.

Wie weit Bacon die Theologie von der Moral-Philosophie trennte, ist nicht scharf zu bestimmen. Er setzt sie in dasselbe Verhältnis zur ganzen menschlichen Weisheit, wie die Moral-Philosophie zu den übrigen Wissenschaften (O. Tert. 53). Sie beschäftigt sich mit dem Zweck aller Philosophie, mit der geoffenbarten christlichen Religion. Er will sogar die Theologie nicht in der Reihe der einzelnen Wissenschaften aufgezählt haben; sie soll diesen nicht gleich gestellt werden, sondern alle als ihre Dienerinnen umfassen (O. Maj. 24: Si nitamur separare scientias ad invicem, non possumus dicere theologiam).

Wie Bacon in der Theologie die Richterin alles menschlichen Wissens sieht, und wie er das jus canonicum als einen Theil derselben betrachtet, dieses ist schon oben (p. 19 ff.) dargelegt, hier sei nur noch Einiges über seine theologische Richtung bemerkt.

Wie aus vielen beiläufigen Aesserungen Bacon's, die meist aus der Tradition geschöpft zu sein scheinen, hervorgeht, folgt er ganz der theologischen Richtung seiner Zeit, ohne sich durch besondere Eigenthümlichkeit auszuzeichnen. Seiner praktischen Richtung und seiner Stellung als Franziskaner gemäss folgte er dem Typus, der sich zum Pelagianismus hinneigt und den Willen über den Verstand setzt, eine Lehre, die erst von Duns Scotus weiter ausgebildet wurde. Daher betont er stark die cooperatio ad salutem (O. Maj. 255. 354), sowie die Heiligkeit der Jungfrau Maria (O. Maj. 356. O. Tert. 49). Die Transsubstantiation des Brots in den Leib Christi erkennt er an (O. Tert. 145. 148), und die Gegenwart des Leibes Christi in der Hostie sucht er sich durch die Allgegenwart Gottes klar zu machen (O. Tert. 188). Nicht nur kennt er das Abendmal als Sakrament, sondern auch als Opfer (Cp. Phil. 400); Christus konnte nur, weil er selbst Gott war, Genugthuung leisten (Cp. Phil. 406). Die Trinität erläutert er durch eine geometrische Figur, durch das gleichseitige Dreieck (O. Maj. 137. 140). Er erwähnt das Fegfeuer (Cp. Ph. 404) und die creatio ex nihilo (O. Maj. 37), die damnatio aeterna (O. Min. 371). In ächt katholischer Weise verweist er auf die drei Auctoritäten der Kirche, der heil. Schrift, und der Heiligen (O. Maj. 3. O. Tert. 181. 177.) und hält den Stand der Mönche für vollkommener als den der Laien (424. 430. Cp. Phil.).

Interessant ist Bacon's Lehre von dem doppelten Schriftsinn. Wiewohl er auf richtiges Verständnis des Wortsinns dringt, so fügt er doch meistens den Zweck hinzu, um aus diesem durch passende Aehnlichkeiten den geistigen Sinn herauszufinden (ut per convenientes adaptationes et similitudines eliciantur sensus spirituales. O. Tert. 82. 94. O. Maj. 132. 475). Nähere Regeln, nach denen man bei der Auffindung dieses Sinn's zu verfahren habe, gibt er nicht an; und es würde auch schwer sein Regeln hierüber zu geben, da diese Art der Schrifterklärung zu sehr auf Willkühr des einzelnen Erklärers beruht. So scheint Bacon fast Alles, was er durch seine Forderung der grammatischen und sachlichen Erklärung des Wortsinns gewonnen hat, hier wieder aufzugeben. Doch geht er nie soweit, sich mit dem geistigen Sinn ohne den wörtlichen zu begnügen. Dazu betont er, dass unsere Sprache in vielen Dingen nur ein inadäquater Ausdruck für göttliche Dinge sei (O. Tert. 180). Um die Art und Weise kennen zu lernen, wie Bacon bei Auffindung des geistigen Sinn's verfährt, möge eins von den Beispielen, die er in seinen Schriften anführt, hier seine Stelle finden. Im Opus Majus p. 114. 115 handelt Bacon von der Nothwendigkeit der Geographie für die Theologie, um zum richtigen Verständnis des Wortsinns zu kommen und daraus den geistigen Sinn zu eruiren, (welchen er hier als einen dreifachen, einen moralischen, allegorischen und anagogischen angibt). Nachdem er eine kurze Beschreibung des heiligen Landes und insbesondere des Landstrichs zwischen dem Jordan und Jerusalem angegeben hat, geht er weiter zur Entwicklung des hierin verborgenen geistigen Sinns. Der Jordan, weil er in's todte Meer fliesst, soll die Welt bezeichnen, Jericho das Fleisch, der Oelberg wegen seiner Höhe die „excellentia vitae spiritualis", und wegen der Oliven die „dulcedo devotionis"; das Thal Josaphat die Demuth (propter rationem vallis) und den Weg vor den Augen der Majestät (weil Josaphat heisse in conspectu Domini); Jerusalem bezeichnet den Frieden (und zwar moralisch die anima sancta, allegorisch die ecclesia militans und anagogisch die ecclesia triumphans). Wer nun von Geburt an (von Osten) bis zu seinem Alter (nach Westen) zu jenen bezeichneten Gütern gelangen will, muss zuerst die Welt (den Jordan) verlassen, wie die Mönche, welches der erste Grad der vita spiritualis ist. Darauf muss er seines Fleisches Uebermuth bändigen, doch nicht mit Ungestüm sondern allmälig (weil Jericho in der Ebene liegt). Erst dann ist der Mensch geschickt zur excellentia vitae spiritualis und zur dulcedo devotionis hinaufzusteigen. Ehe er aber nach Jerusalem kommt, muss er sich gänzlich vor Gott demüthigen (Josaphat). Hat er sein Leben so vollbracht, dann kann er an den bezeichneten Gütern Jerusalems Theil nehmen.

Doch ist immerhin Bacon's Dringen auf den richtigen Wortsinn anzuerkennen; wenn er diese Forderung auch noch nicht consequent durchführte, so war doch ein Schritt zum richtigen Verständnis geschehen. Nicht auf einmal, sondern erst nach längeren Arbeiten kommt das Rechte zum Vorschein. Und Bacon selbst spricht die Hoffnung aus, dass die Wahrheit bei den Späteren immer mehr an den Tag kommen werde, und führt öfters die Worte Seneca's an:

„Veniet tempus quum ista quae nunc latent, in lucem „dies extrahat et longioris aevi diligentia" (Cp. Phil. 440).